Sigrid Lenz

Cosimo - Das Ende des Winters

Impressum
© dead soft verlag, Mettingen 2018
http://www.deadsoft.de

Cover: Irene Repp
http://daylinart.webnode.com
Bildrechte:
© Kseniya Abrammova – fotolia.de
© AS Inc – shutterstock.com

1. Auflage
ISBN 978-3-96089-217-5
ISBN 978-3-96089-218-2 (epub)

Inhalt:

Nach dem Tod seiner Schwester ist Lou auf einmal für den Hengst Cosimo verantwortlich. Ein schwieriges Pferd, mit dem niemand richtig klarkommt. Doch bald bemerkt er, dass es eine Verbindung zwischen ihnen gibt. Denn Cosimo ist anders als andere Pferde. Eine alte Seele, ein Wandler …

Kapitel 1

Trauer

Lous Hände waren blau gefroren. Er konnte sie kaum bewegen. In der Mähne des Pferdes schimmerten Eiskristalle, die so fest hafteten, dass er sie nicht hatte entfernen können. Er pustete in seine Finger, versuchte, deren Gelenkigkeit zurückzuerlangen.

Das Leder war hart, die Verschlüsse am Zaumzeug zu schließen, schien unmöglich. Doch er versuchte es weiter, verzweifelt, weil er sich einer Aufgabe stellen musste, die er nie hatte übernehmen wollen.

Cosimo war das Pferd seiner Schwester gewesen, und in den letzten Jahren hatte Lou wenig Interesse für sie und erst recht nicht für ihr Hobby aufgebracht. Oder ihre Bestimmung, wie sie es genannt hatte.

Er begriff auch jetzt nicht, wie sie derart viel Zeit in eine Beschäftigung hatte investieren können, die nichts zurückgab, die kein Ergebnis vorwies.

Cosimo war nie einfach gewesen. Lous Schwester die Einzige, die er in den letzten Jahren problemlos an sich herangelassen hatte. Jetzt war sie tot und als wäre alles andere nicht schwierig genug, konnte Lou sich des Eindrucks nicht erwehren, dass der Trakehner Trauer empfand. So wie er erst Lou ansah und dann in die Ferne blickte, immer wieder in die Richtung, aus der jeder sich dem Hof näherte, schien er tatsächlich auf sie zu warten. Immer noch, auch nach Wochen.

Lou blies ohne Erfolg auf seine Finger. Der Nasenriemen war nun geschlossen, doch seine Hände schmerzten. Er brachte sie kaum wieder in die mitgebrachten Handschuhe, tätschelte mit diesen und ohne, dass sie seine Hände zu wärmen vermochten, Cosimos Hals.

Er hätte das Pferd gleich weggeben sollen. Tiere waren für ihn noch nie von großem Interesse gewesen. Dass seine Eltern ihn damals zu Reitstunden überredet hatten, damit er sich der großen Schwester gegenüber nicht zurückgesetzt fühlte, hatte eher einer Strafe geglichen als einer Belohnung. Er war nur allzu froh gewesen, als sie den fatalen Fehler eingesehen und ihn von der unangenehmen Pflicht entbunden hatten.

Doch Silke war vom ersten Tag an wie geblendet gewesen. Weder der Gestank noch die Arbeit im Stall hatten sie gestört. Auch nicht der Schmutz oder der Widerstand seitens der Pferde, für die sie ihr Herz entdeckt hatte und die sie in ihre Obhut nahm. Ausnahmslos Problemfälle – Schulpferde, die kurz davor standen, ausgesondert zu werden, weil sie für Reitschüler zu gefährlich wurden – stahlen ihr die Freizeit. Jede Minute, die sie sich nehmen konnte, verbrachte sie mit den Versuchen, herauszufinden, was es war, wogegen das Tier sich wehrte. Nicht immer mit Erfolg. Nicht immer ließen ihre Patienten, wie sie sie später nannte, es zu, dass sie sich ihnen näherte, sie führte, mit

ihnen übte und ihnen vielleicht sogar noch ein paar Jahre auf dem Reiterhof schenkte.
Und weil Silke es nie fertiggebracht hätte, ein Pferd dem Schlachter zu überantworten, konnte auch Lou Cosimo nicht diesem Schicksal ausliefern.
Denn Elliot, der Besitzer des Stalles, hatte deutlich klargestellt, dass er das Pferd nicht gebrauchen konnte. Dass er auch niemanden kannte, der sich bereiterklären würde, mit dem launischen, häufig gefährlichen Hengst zu arbeiten.
Zuerst hatte Lou nicht geglaubt, dass während der letzten Monate Silke ihn als Einzige geritten und seine Unterbringung alleine finanziert hatte. Es war nicht so, als hätte sie als Krankenschwester sonderlich viel verdient.

Lou lehnte seinen Kopf an den Hals des Pferdes, als ihn die Erinnerung mit voller Wucht traf. Nicht nur Trauer, auch Schuld gesellte sich zu der Depression, die er durchlebte. Viel zu wenig hatte er von Silke gewusst, sich viel zu selten bei ihr gemeldet. Nach dem Tod ihrer Eltern waren ihre Wege rasch in verschiedene Richtungen abgedriftet. Und wie es so war, hatte er den größten Teil seines Lebens auch einen ausreichenden Groll gegen die Frau gehegt, die ihm bereits mit fünfzehn Jahren prophezeit hatte, dass er sein Leben verschwende. Ausreichend genug, um ihre Nähe zu meiden. Auch hatte er nie geglaubt, dass es ihr viel anders ginge. Er verstand auch jetzt nicht, was in ihr vorgegangen war. Er hatte sie nie gekannt, sich nie die Mühe gegeben, sie kennenzulernen, und das Wissen quälte ihn.

Unfair war es, in so vieler Hinsicht. Kein Mensch sollte mit Mitte vierzig sterben müssen, nicht wegen eines so leicht vermeidbaren Unfalls. Nicht während eines Zusammenstoßes zweier Fahrzeuge. Nur, weil der andere Fahrer betrunken war.

Lou bewegte seine Finger, massierte Cosimos Widerrist und registrierte nur am Rande, dass der Hengst stillstand. Dass er sich bereits seit geraumer Zeit ungewöhnlich ruhig verhielt. Kein Zeichen der sonst üblichen Nervosität, der deutlichen Äußerung von Unbehagen, die er mit dem Aufsatteln und Trensen zur Schau stellte. Als verstünde er den Moment der Trauer, den Lou erlebte, als teilte er dessen Gefühl.

Hätte Lou ihn nicht bereits vollkommen anders erlebt, ihn nicht dabei beobachtet, wie er seine Stellung in der Herde mit Hufen und Zähnen verteidigte, wie er beim Anblick eines Sattels gestiegen war und nach Elliot getreten hatte, er hätte nicht geglaubt, dass es sich um ein und dasselbe Pferd handelte.

Fast lächelte er bei der Vorstellung, dass Cosimo Silke in ihm erkennen könnte. Als begriffe der Trakehner instinktiv, warum Lou und seine Schwester zumindest durch Blut, wenngleich nicht durch Ansichten oder Vorstellungen verbunden waren. Natürlich war das Unsinn. Ein Pferd

hatte andere Beweggründe dafür, sich zu verhalten, wie es sich verhielt.
Vielleicht, viel wahrscheinlicher sogar, war es die Konsequenz, mit der Lou Cosimo besuchte. Mit der er jeden Winkel in seiner Box untersucht und mit Notwendigem ausgestattet hatte. War er selbst schon nicht mehr der Jüngste, so kam ihm Cosimo mit seinem Alter in Pferdejahren nahe. Nur dass dessen Gelenke, Knochen und sein Rücken, bevor Silke ihn vor dem Schlachter bewahrt hatte, nicht gerade schonend behandelt worden waren.

Lous Hände wanderten durch das dunkle, kräftige Winterfell des Tieres. Er sah seinem Atem nach, der sich in einer weißen Wolke von ihm entfernte.
Wiedergutmachen konnte er nichts. Doch er konnte dem Tier das Geschenk geben, das er seiner Schwester vorenthalten hatte. Er konnte Cosimo Zeit schenken und die Aufmerksamkeit, die der benötigte. Und vielleicht begänne er eines Tages zu verstehen, was Silke in ihm gesehen hatte.
Das Tier sah Lou an und kaute. Seine Augen, groß und braun, blieben unverwandt auf ihn gerichtet. Die Ohren waren aufgestellt, aufmerksam und bereit, auf jedes seiner Worte, auf jede seiner Bewegungen zu reagieren. Lou begann, sich zunehmend unbehaglich zu fühlen. Cosimo beachtete ihn. Er duldete ihn nicht nur. Ohne es zu bemerken, war es Lou gelungen, in den Fokus des Pferdes vorzurücken.

*

Trotz seiner Vorsätze zögerte sich Lous nächster Besuch bei Cosimo unvermittelt hinaus. Etwas in ihm war anders geworden und er konnte es nicht greifen. Plötzlich konnte er sich nicht mehr überwinden. Als fürchtete er mit der Begegnung sowohl die Schmerzen der Erinnerung als auch die Konfrontation mit einem Wesen, mit dem er nicht recht umzugehen wusste. Das er dominieren sollte, leiten, führen, und das doch stärker war als er, willensstärker ohnehin. Auch wenn Cosimo sich inzwischen satteln, trensen und führen ließ, erinnerte Lou sich doch zu gut an dessen Widerstand.

Er wusste nicht genug über ihn. Dies wurde ihm wieder bewusst, als er sich dem Stall näherte. Nicht genug über Pferde im Allgemeinen.

Bei seiner Ankunft befand Cosimo sich nicht in seiner Box. Auch der angrenzende Offenstall mit den Ponys war leer. Lou erinnerte sich daran, was der Besitzer einst erwähnt hatte: dass er die Pferde einigermaßen regelmäßig auf die ein Stück entfernte Weide oder die daneben liegende Koppel brachte.

Lou sah in den Himmel. Die Luft war klar. Ein Wintertag wie so viele im Augenblick. Vielleicht hatte die Sonne ihn herausgeholt. Er hatte es nicht mehr ertragen, aus dem Fenster zu sehen und sich vor der Helligkeit zu verstecken.

Keine Wolke war zu erkennen und doch lag stellenweise Schnee. Hartnäckige, weiße Stellen bewiesen, dass das Jahr noch am Anfang stand, dass der Februar gerade erst begonnen hatte und der Winter sich nicht verjagen ließ. Weder von der Sonne, noch von einem blauen Himmel.
Lou atmete ein. Die Luft war anders als in der Stadt. Kein Staub, keine Abgase, kein Gift. Es roch nach Stall. Doch auch als er am Misthaufen vorbeiging, störte ihn der Geruch nicht.
Der Hund kläffte, kam aber nicht näher. Lou war oft genug hier gewesen, um zu wissen, dass der nur angab. Dass er sich von Stimmungen leiten ließ. Der klare, kalte Tag mochte es sein, der ihn aufgeschreckt und seine Lebensgeister geweckt hatte.
Lou ignorierte ihn, ging weiter und schließlich verstummte das Kläffen.
Das Gehen tat gut. Er hatte einen schweren Kopf vom Vorabend. Zu lange hatte der sich hingezogen, zu viele Drinks hatte Lou sich entgegen der Vorschriften und seiner Gewohnheit spendieren lassen. Und nun war der unvermeidliche Tag danach angebrochen. Der, an dem er bereute.
Lou rieb sich die schmerzenden Schläfen. Wie hatte der Mann geheißen, den er mit nach Hause genommen hatte? Der gleich danach verschwunden war? Er erinnerte sich nicht und letztendlich interessierte es ihn auch nicht mehr. Er hatte bekommen, was er gewollt hatte, nicht anders als der blonde Hüne. Auch wenn die Nacht verschwommen

blieb, so erinnerte Lou sich doch noch an dessen Erscheinung. Eigentlich nicht sein Fall, zu deutlich der Stiernacken, zu ausgeprägt die Muskeln, aber mit ausreichend Alkohol im Blut wurde jeder zu seinem Typ. Eine Tatsache, über die er am Morgen danach nicht glücklich war und an der er doch nichts änderte. Beziehungen, Treue, damit konnte Lou nichts anfangen. Das hatte er sich bereits in jungen Jahren erklärt. Damals, als sein erster Freund von einem Tag auf den anderen Schluss gemacht hatte. Und nicht nur das. Lou hatte erfahren müssen, dass der ihn nicht nur betrogen, sondern auch über ihn hergezogen hatte. Damals hatte er gewusst, dass ihm das nicht noch einmal passieren würde. Die Welt war schlecht und es gab keinen Grund, jemandem zu vertrauen. Schon gar nicht jemandem, der vorgab, sich ernsthaft für ihn zu interessieren. Denn dass es daran ein Haken geben musste, lag auf der Hand.

Lou stöhnte in sich hinein und blieb stehen. Dort war sie, die Koppel. Natürlich waren die Pferde dort, er hätte es sich denken können. Die Wiese hätte wohl größer sein dürfen, aber letztendlich war sie besser als nichts. Definitiv besser, als einen ganzen Tag auf dem Paddock zu verbringen, oder gar in der Box. Und er wusste nicht, warum er auf einmal darüber nachdachte. Einfach lächerlich.

Auch hier lag vereinzelt noch Schnee und Lou sah genau, dass das eine oder andere Pferd sich darin gewälzt hatte. Er

sah auch Cosimo. Der Hengst stand auf der kleinen Anhöhe inmitten der Koppel und sah ihn an. Seine Ohren aufgestellt, den Blick auf ihn gerichtet, blieb er still, und Lou fragte sich, was das Tier denken mochte. Sofern ein Pferd überhaupt dachte und ihn nicht nur auf Pferdeart beobachtete, wenn nicht gar offen bedrohte.
Lou schüttelte den Kopf über sich selbst, bereute die Bewegung sofort, als ihn neuer, stärkerer Schmerz durchzuckte. Doch Cosimo blieb still und nun gewann Lou den Eindruck, dass das Pferd an ihm vorbeistarrte. Abrupt drehte es den Kopf, sah zur Seite, hinaus in die Weite. Dorthin, wo sich eine Ebene erstreckte. Wo mehr Schnee zu sehen war, wo sich ein Feld, eine unbetretene Fläche, ausdehnte und darauf wartete, dass der Winter endete und neues Leben ausgesät wurde. Dorthin blickte Cosimo und Lou konnte nicht anders, als es ihm gleichzutun. Die Weite dehnte sich, je länger er seinen Blick schweifen ließ, als könnte er den Horizont erreichen und die Geheimnisse entschlüsseln, die sich dahinter verbargen.
Dieses Mal verlangte Lou nichts von Cosimo, sah ihm nur zu. Die Longe konnte warten, der langsame Muskelaufbau, bevor er ihn wieder an das Reiten gewöhnte, hatte Zeit. Hielt ihn Elliot doch für verrückt, es überhaupt zu versuchen.

*

Der Tierarzt bestätigte Cosimos Gesundheit und Reitfähigkeit und Lou folgte seiner Anweisung, während er die Muskulatur auf der schwächeren Seite fühlte.

„Er hat noch einige gute Jahre vor sich“, meinte der Tierarzt freundlich. „Die Probleme liegen in seiner Eigenwilligkeit. Um ehrlich zu sein, kenne ich das von einem Pferd wie ihm sonst nicht.“ Er blickte Lou an. „Aber mit Ihnen kann er. Da ist er wie bei Ihrer Schwester. Das freundlichste Pferd der Welt. Außer sie kam auf den Gedanken, jemand anderem zu erlauben, auf ihm zu sitzen, ihn zu führen oder zu trainieren. Es ist ein Segen, dass er Sie jetzt hat.“

Den Schlachter erwähnte er wohlweislich nicht. Lou nickte und seufzte. Einen Teil der Arbeit abzugeben, wäre ihm durchaus entgegengekommen. Aber inzwischen war er weit genug gekommen, um auch noch einen Schritt weiterzugehen.

*

Aufzusteigen sollte möglich sein, er hatte es schließlich schon einmal fertiggebracht. Und da Cosimo sich inzwischen vergleichsweise problemlos satteln ließ, sah Lou auch weniger Probleme, je länger er mit ihm zusammen war. Er beobachtete das Ohrenspiel, sah, wie aufmerksam das Pferd auf ihn lauschte, wie es auf jede seiner Bewegungen, auf jedes Geräusch, das er verursachte, achtete.

Der Einfall überkam ihn plötzlich, geboren aus Neugierde und vielleicht auch Trotz. Warum sollte er es nicht versuchen? Und vor allem wann, wenn nicht jetzt? In einem Moment, in dem seine Bedenken und Zweifel von der kalten Winterluft weggeblasen wurden.
Nein, die Zeit war gekommen. Er sprach beruhigend auf Cosimo ein, während er den Steigbügel geraderückte. Eine Weile hatte er ihn über die umliegenden Wege geführt, an Wiesen, Bäumen und Bächen vorbei. Hatte dabei zugesehen, wie das Pferd sich entspannte, wie es seiner Umgebung interessiert gegenübertrat. Wie es sich ihm gegenüber freier verhielt, seine Vorbehalte verlor.
Nun stand Lou auf den gefällten Baumstämmen, die eine perfekte Aufstiegshilfe boten, griff in Sattel und Mähne. „Guter Junge“, murmelte er. „Wir machen das schon.“ In diesem Augenblick war er sich sicher, es zu schaffen. Nicht nur, weil er wusste, dass Cosimo jede seiner Unsicherheiten in mehrfacher Verstärkung spürte und darauf reagierte, sondern auch, weil er es wollte und sich bereits auf dem Pferd visualisierte. Weil er bereits wusste, wie es sich anfühlte, wenn der warme, starke Körper unter ihm vibrierte, während er ihn schnell und sicher durch die Landschaft trug. Die Bewegungen kehrten zu ihm zurück, als hätte er sie während der letzten Jahre unablässig geübt. Als erinnerte er sich nicht daran, wie er sich in seiner Kindheit damit gequält hatte, auf ein Pony zu steigen, das ihn nicht interessierte. Doch das hier war anders. Er war erwachsen, wusste, was er tat, wusste, wozu und dass er

nicht anders konnte. Cosimo brauchte das Training, um seine Existenzberechtigung an diesem Ort zu sichern. Lou konnte nicht zulassen, dass Cosimo zum Schlachter gebracht wurde, nur weil er es sich nicht leisten konnte, ein Pferd zu unterhalten, das nur für seinen eigenen Gebrauch im Stall stand. Das kein Geld einbrachte, wie Elliot es von ihm mehr oder minder vehement gefordert hatte.

Sich mit Cosimo anzufreunden, ihn mit Bodenarbeit vertraut zu machen, sich ein paar Übungen erklären zu lassen und auszuführen, war eine Sache gewesen. Doch dass er jetzt tatsächlich aufstieg, kam einer Offenbarung gleich. Und als er nun im Sattel saß, sein Körper sich diesem anpasste, er sicher inmitten des Leders einfach nur er selbst war, da glich es für einen Moment einem Sprung in die Kindheit. Lou erinnerte sich an die Momente, während derer er es tatsächlich genossen hatte, sich auf einem Pferderücken fortzubewegen. Momente, die er vergessen geglaubt hatte. Neben seiner Schwester zu reiten, erst geführt, dann frei, diesen Augenblicken hatte ein Zauber innegewohnt, den er niemals hatte leugnen können. Und nun, ehe er es wirklich begreifen konnte, saß er oben. Er war ein Anderer geworden. Erwachsen. Und Cosimo war ein großes Pferd. Ein Pferd, das ruhig stand, das sich ausbalancierte, als hätte es nie anderes getan oder gewollt. Ein Pferd, das geduldig wartete, bis Lou sich an das Gefühl gewöhnt, seine Atmung sich beruhigt hatte und sein Griff, der die Zügel hielt, fest und sicher blieb.

Lou testete die Länge der Steigbügel, doch sie stimmte. Ebenso wie er selbst für einen Moment den Eindruck hatte, er passte in diesen Sattel, auf dieses Pferd, als wäre er dafür geboren. Vorsichtig beugte er sich vor, ließ seine Hand über das warme Fell gleiten, kraulte vorsichtig den Hals, bevor er den Widerrist streichelte.

Erst dann, erst als er sich sicher war, dass Cosimo ruhig blieb und sicher stand, entspannt genug, um den nächsten Schritt zu wagen, gab er die Hilfe zum Start und Cosimo setzte sich gleichmäßigen Schrittes in Bewegung.

Lous Körper passte sich dem Wiegen des Pferdes an, schien nicht vergessen zu haben, wie sich dieses anfühlte, und er spürte ein Lächeln in sich aufsteigen. Es war wunderbar, langsam im Schritt zu gehen, sich der Bewegung, dem leichten Schaukeln hinzugeben.

Für einen Moment schloss Lou die Augen und ließ sich tragen. Vielleicht – nein, ganz sicher – war es dumm, sich derart unachtsam zu verhalten. Einer spontanen und im Grunde fahrlässigen Eingebung zu folgen. Aber ein Teil von ihm vertraute Cosimo mit einem Mal bedingungslos. Er hatte ihm zugesehen, beobachtet, wie er nach links und rechts sah, wie er seinen Kopf hocherhoben trug und seine Ohren sich drehten. Aufgeweckt, das war das Wort. So munter und lebendig, wie er ihn lange nicht mehr gesehen hatte. Und gleichzeitig ruhig. Das war kein Pferd, das in Panik geriet, jedenfalls nicht ohne Weiteres. Und Lou war bereit das Risiko einzugehen, sich auf die Sicherheit des Hengsts zu verlassen. Im Grunde war es genau das: ein

Risiko, zumindest für einen ungeübten Reiter wie ihn. In jedem Fall blieb er dem Pferd ausgeliefert, konnte nicht alles vorhersehen, nicht ahnen, was das Pferd fühlte. Auch würde er es im Fall einer Gefahr nicht halten können.
Elliot hatte nur den Kopf geschüttelt und ihn verrückt genannt. Doch das hatte er bereits, als Lou lediglich mit Cosimo spazieren gegangen war.
Cosimo lief ruhig und achtete auf Lou. Etwas, was er nicht unbedingt erwartet hatte. Er zog nicht, er trödelte nicht. Er machte es ihm leicht, als würde er sich mit seinem Verhalten dafür bedanken, dass er den Weg entlang des Baches bis zum See nehmen durfte und zusehen, wie sich die Wolken in der kalten, blauen Oberfläche spiegelten. Schnee lag noch an den Ufern, Blätter und Halme trugen Reif. Lou fragte sich, ob Cosimo die Schönheit zu schätzen wusste.
Er selbst hatte sich nie für den Typ gehalten, der sich für frische Luft und dann auch noch für Bewegung an derselben begeistern könnte. Schon gar nicht am Vormittag. Denn er war es gewohnt, auszuschlafen. Eine Notwendigkeit, bedachte man seinen Arbeitsrhythmus.
Doch den Nachmittag mied er wohlweislich. Andere Pferdebesitzer schienen Cosimo nervös zu machen. Zumindest schien er Abstand zu ihnen zu bevorzugen. Tauchte Lou in Gesellschaft engagierter Reiter auf, ging Cosimo auf Konfrontationskurs, zeigte sich genau von der Seite, die Elliot zur Genüge kannte.

Als Lou das registriert hatte, hatte er in den sauren Apfel gebissen und seinen Schlaf geopfert. Manchmal gelang es ihm, am Nachmittag noch einmal einzunicken, doch meist entschied er sich dafür, lange aufgeschobene Pflichten zu erledigen, einzukaufen und die Bar früher aufzusuchen als gewohnt. Dort gab es auch vor der Öffnungszeit immer genug zu tun. Und wichtiger noch: Er hatte seine Ruhe und war gleichzeitig beschäftigt. Keine Zeit für Grübeleien.

Aber nun, auf dem Pferderücken, in der klirrend kalten Luft, da war ihm tatsächlich, als öffnete sich etwas in ihm, das viel zu lange verschlossen gewesen war. Vielleicht hatte er es einst als Kind gefühlt, doch die Erinnerung war zu weit entfernt. Aber so ähnlich kam es ihm vor. Vergessen die gelegentlichen Rückenschmerzen, die Kälte, die Müdigkeit, die Unlust, der Blick in den Spiegel, das Zählen der Falten, das Registrieren der Leere in seinen graubraunen Augen.
Lou ließ sich tragen.
Mit schlafwandlerischer Sicherheit ging Cosimo den vertrauten Weg. Ruhig und mit gleichmäßigen Schritten. Aufmerksam, als wäre er es, der auf Lou achtete, während doch eigentlich der Reiter es sein sollte, der dem Pferd die Richtung wies und damit Sicherheit gewährte. Lous Augen sprangen auf, doch nichts hatte sich verändert. Der Weg war still und frei. Nur das gelegentliche Schnauben des Pferdes war zu hören. Ein Zeichen, dass auch für Cosimo alles in Ordnung war. Lou lächelte. Das Lächeln kam tief

aus seinem Inneren, bevor es sich auf seine Lippen schlich. Das war es wohl, was Silke ihm einst zu erklären versucht hatte. Nicht dass er zugehört hätte. Aber ein Teil ihrer Worte, ihres Gesichtsausdrucks war hängengeblieben und tauchte nun wieder auf.

Dass Pferde besondere Geschöpfe seien – er hatte darüber gelacht.

Dass sie im Menschen spüren, was dieser selbst nicht von sich weiß, davon hatte sie gesprochen. Und Lou hatte lediglich den Kopf geschüttelt. Esoterischer Unsinn, nicht mehr. Silkes Bemühungen in allem etwas Gutes oder gar einen Sinn zu finden, Bedeutung im Nichts zu entdecken – das war ihm stets absurd und lächerlich erschienen. Wie ihr albernes Hobby. Aber jetzt, das ließ sich wohl zugeben, stand er kurz davor, etwas zu erkennen und es womöglich zu verstehen.

Was in sich bereits wieder lächerlich schien. Lou tat im Grunde gar nichts. Das Pferd ging lediglich im Schritt, trottete auf einem Weg, den es mit Silke unzählige Male zurückgelegt hatte. Oft genug, um ihn auswendig zu kennen. Und jetzt nahm es ihn nur, weil am anderen Ende des Ausflugs Futter wartete. Eine trockene Box und ein Dach über dem Kopf. Pferde waren keine mystischen Wesen. Sie besaßen keine Seele. Im Grunde genommen war Lou sich ziemlich sicher, dass der ganze Seelengedanke Unsinn war, auch oder sogar gerade was den Menschen betraf. Definitiv hatte er genügend Abgründe gesehen, ausreichend Geschichten und Geständnisse betrunkener

Gäste gehört, um nicht mehr an das Gute im Menschen zu glauben. Warum sollte ein Tier besser sein?
Aber wozu sich den Kopf zerbrechen? Immer wieder und immer öfter ertappte Lou sich dabei, mit sinnlosen Gedankenspielen seine Zeit zu verschwenden. Eine Alterserscheinung vielleicht, in sich traurig genug.
Er beugte sich vor, streichelte den Hals des Pferdes, öffnete die Augen wieder. Winterfarben, klar und kalt, belebten die Sinne. Seine Hand ließ er in der Mähne, die Zügel locker, eine sanfte Führung. Er wollte Cosimo versichern, dass er dankbar war. Dankbar dafür, dass der sich auf ihn einließ. Dass er seine Mühe, seinen Zeitaufwand belohnte und ihm das Gefühl gab, sich auf ihn verlassen zu können.
Niemand vermochte in das Innere eines Pferdes zu sehen, aber man durfte sich vorstellen, was das Tier fühlte. Dass es sich über Abwechslung freute, über Zuwendung und darüber, eine Bedeutung zu haben, eine Aufgabe.
Lou wünschte sich, dass es für ihn so einfach wäre. Eine Aufgabe hatte er vielleicht, wenngleich eher einen Job. Doch der war alles andere als erfüllend. Es war genau, wie Silke es ihm immer vorausgesagt hatte: dass er eines Tages bereuen würde, nichts aus sich gemacht zu haben. Dass er in den Tag hinein gelebt hatte, ohne sich anzustrengen.
Aber was hatte sie von ihm gewusst? Immerhin hatte er sie nie daran teilhaben lassen, wie schwer es wirklich für ihn gewesen war. Wie sehr er sich manches Mal gequält hatte.

Wie mühselig es schien, nur durch den Tag zu kommen, und wie ausgelaugt und leer er sich manchmal fühlte.

Er bremste die Gedanken ab.
Nicht im Augenblick. Dieser Augenblick war anders. Er war wertvoll. Lou ließ seine behandschuhten Finger durch Cosimos Mähne gleiten. Der schüttelte den Kopf, doch nicht, um ihn abzuwehren. Eher als ob er ihm zeigen wollte, dass er die Liebkosung wahrgenommen hatte.
Ein komisches Pferd, wahrhaftig. Wenngleich es doch viel wahrscheinlicher war, dass eigentlich er den komischen Teil in ihrer Beziehung verkörperte. Weil er sich nach und nach immer mehr einzubilden begann, dass Cosimo ihn verstünde. Dass all das, was in merkwürdigen Büchern und Fernsehfilmen so gerne behauptet wurde, genau auf ihn und dieses Pferd zuträfe. Dass hier eine Verbindung zwischen Tier und Mensch entstand. Eine wortlose Verständigung. Harmonie. Lou lächelte. Ein wenig abfällig, ein wenig wehmütig.
Zu spät für solche Gedanken. Erst jetzt, nach Silkes Tod, begann er sich Gedanken darüber zu machen, wovon sie so gerne gesprochen hatte. Eigentlich jedes Mal, wenn es ihnen nicht gelungen war, sich aus dem Weg zu gehen. Anstatt ihr zuzuhören, hatte Lou die Augen verdreht und sich daran erinnert, wie seine Reitstunden, seine Interaktion mit Pferden ausgesehen hatten. Haltung, Dominanz, Führung. Ständige Konzentration. Allein das war ihm schnell zu viel geworden. Keine Spur von irgendeiner

Verständigung. Im Gegenteil: Pferde die stets bockig blieben, egal wie kräftig er zutrat, wie sehr er am Zügel zog. Reitlehrer, die ihn mahnten, aber gleichzeitig zur Konsequenz aufriefen. Einfach viel zu viel Arbeit dafür, dass man schließlich noch Hufe auskratzte oder Dreck aus dem Fell bürstete. Nichts davon eine Beschäftigung, die ihm irgendetwas gesagt oder gar bedeutet hätte.
Doch wie es aussah, hatte man ihm damals, wenngleich mit einiger Mühe, wohl doch ein wenig Verständnis beigebracht. Denn als er nun auf Cosimo saß, fühlte Lou sich nicht ganz so fremd und hilflos, wie er befürchtet hatte. Die Hilfen kamen von selbst, stoppten jedoch, sobald er merkte, dass Cosimo seine Gedanken zu lesen schien. Auch das war ein Phänomen, von dem Silke gesprochen hatte. Natürlich lasen Tiere keine Gedanken, sie spürten nur die winzigste Bewegung im Sattel, ein noch so leichtes Abwenden, den Blick in eine andere Richtung. Wenn sie es denn wollten. Und Cosimo wollte. Zu Lous Verwunderung.

Als er zurückkehrte, lehnte Elliot am Holzzaun, die Arme verschränkt, und schüttelte den Kopf. „Hätte nicht gedacht, euch wiederzusehen", brummte er. „Bist echt ein verrückter Hund. Mit dem Gaul würde ich keinen Meter reiten wollen. Der ist anders. Kapiert es einfach nicht."
Lou rieb Cosimos Hals. „Es ging hervorragend. Er war lammfromm."

Elliot beäugte ihn skeptisch. „Du und deine Schwester“, brummte er dann. „Mir soll’s recht sein. Solange ich keine zusätzliche Arbeit mit ihm habe.“

Lou nickte, schlüpfte aus den Steigbügeln, bewegte die Füße und stieg dann ab. Ein wenig unbeholfen landete er und sein Knöchel schmerzte. Aber er verkniff sich ein Stöhnen und streichelte Cosimos Schulter. Der Hengst stand still, sah Elliot an, der sich nicht rührte.

Schließlich stieß der sich von dem Zaun ab, lief zurück zu den Boxen, drehte sich noch einmal um und sah über die Schulter.

„All die Mühe für nichts“, murrte er abfällig und wieder verkniff sich Lou einen Laut. Diesmal einen, der von der Frage gefolgt worden wäre, warum Elliot sich überhaupt als Pferdewirt betätigte, wenn es ihm so gar keine Freude zu machen schien. Aber wer war er, eine solche Frage zu stellen? Das stand ihm gewiss nicht zu.

„Na, dann komm, mein Alter“, sagte er und führte Cosimo zum Putzplatz. Plötzlich spürte er seine Finger wieder, die Kälte, die diese steif werden ließ, die von den Handschuhen nur unzureichend abgehalten wurde. Seine Füße schmerzten nicht mehr nur, sie wurden zu Eisklumpen. Nachdem Lou Trense und Sattel abgenommen und Cosimos Hufe ausgekratzt hatte, stemmte er beide Hände in den Rücken und verzog das Gesicht. „Man wird nicht jünger“, murmelte er und beobachtete Cosimo, der wieder so ruhig stand, wie er sich nach Elliots Angaben bei sonst niemandem verhielt. Cosimo wandte den Kopf und blickte ihn an. Die Ohren aufgestellt, die schönen, dunkelbraunen Augen groß und offen. Man sah ihm an, dass er kein junges Pferd mehr war. Das Gesicht besaß Charakter. Mähne und Schweif waren jedoch lang und voll und Lou überlegte einen Moment, ob er beides etwas stutzen sollte. Vielleicht im Sommer, wenn es wärmer war. Er lächelte, tätschelte Cosimos Schulter, massierte kurz seinen Hals. „Zurück zu deinen Leuten?“, fragte er und erwartete beinahe eine Antwort. Für einen kurzen, irritierenden Moment schien es tatsächlich, als verstünde Cosimo ihn, so dämlich das auch war. Demnach war Lou tatsächlich bereits tief genug in die Sache hineingerutscht, um alles Erdenkliche in das Pferd hineinzuinterpretieren. Seelenverwandtschaft, bester Freund … nun, so schlimm war es vielleicht noch nicht mit ihm. Er seufzte. Aber eindeutig machte der Schlafmangel sich geltend. Vielleicht benötigte er mehr als Koffein, um diese Tage und Nächte durchzustehen. Vielleicht auch endlich etwas Urlaub. Aber Urlaub war nicht in Sicht. Die Bar kam gerade so über die Runden und Lenny hatte ihm mehr als einmal verkündet, dass er sich keine weitere Kraft leisten könne und heilfroh sei, sich auf Lou verlassen zu dürfen. Vielleicht, nein, vermutlich hätte Lou sich bereits viel früher nach einer anderen und aussichtsreicheren Betätigung umsehen sollen. Doch irgendwo schwang in Lennys Worten auch immer wieder das Versprechen mit, dass Lou eines Tages die Bar übernehmen würde. Dann, wenn Lenny sich zur Ruhe setzen und die Bar dennoch nicht vollkommen aufgeben wollte. Lou hatte durchaus

Ideen, was diese Möglichkeit anging. Lange genug war er im Geschäft, um auch ohne einschlägige Ausbildung zu wissen, worauf es ankam. Was die Formalitäten, Bestellungen, Kontrollen, Versicherungen anging, befand er sich längst auf dem Laufenden. Was fehlte, war junges Blut, etwas Neues, Frisches, eine Attraktion. Live Musik vielleicht, Motto-Tage und immer wieder ein neues Angebot an Cocktails. Seine Mathematikkünste waren nicht überragend, aber sie reichten aus, um zu begreifen, dass sich mit raffinierten Mischungen ein denkbar guter Profit einstreichen ließ. Mit im Vergleich geringem Aufwand und definitiv überschaubaren Kosten, denn die Lage der Bar war nicht schlecht. Wenngleich auch nicht zentral, so doch nur eine Straßenbiegung von der gut besuchten Stadtmitte entfernt.

Lou schüttelte sich und wischte die Gedanken beiseite. Cosimo drehte wieder den Kopf zu ihm und Lou rieb sich die kalte Nase. „Sicher, zurück auf die Koppel." Er band den Hengst los und führte ihn den kurzen Weg. Doch als er ihn zur Herde entließ, lief Cosimo nicht wie sonst umgehend auf die anderen Pferde zu, ohne sich noch einmal umzudrehen, sondern er blieb stehen und sah Lou an.

Der trat von einem Fuß auf den anderen, rieb die Handschuhe gegeneinander. „Ich hab kein Leckerli für dich", erklärte er. „Da darfst du lange warten."

Cosimo blieb. In seinem Blick lag eine Bitte. Lou seufzte.

„Schon gut. Ich bin zwar halb erfroren und morgen soll es auch nicht wärmer werden, aber ich komme dich wieder besuchen." Und als hätte Cosimo auf genau diese Antwort gewartet, wandte er sich nun um und trottete davon. Zufriedengestellt, so wirkte er zumindest. Lou schüttelte den Kopf über sich und darüber, dass er überhaupt auf einen solchen Gedanken kam.

Er gähnte. Nur nichts wie weg. Nach Hause und ins Warme. Bevor es weiter zur Arbeit ging. Und doch konnte er nicht umhin, sich noch einmal nach Cosimo umzudrehen. Und tatsächlich: Auch der stand in einigem Abstand zu der Herde, stand still und sah zu ihm, die Ohren aufgestellt, den Kopf erhoben.

Lou schüttelte abermals den Kopf. Ein verrücktes Pferd, wie wahr. Und zugleich wurde ihm warm ums Herz. Die Wärme kroch in seine Finger, schmeichelte von innen.

Es war bescheuert. Auf absurde Weise kam Lou sich in seiner eigenen Haut fremd vor. War es möglich, dass die ganzen Jahre etwas in ihm geschlummert hatte? Ein unausgegorener Wunsch nach dieser Art von Leben? Außerhalb der Stadt?

Nicht mehr eingepfercht sein in verschlossene, schmerzlich vertraute vier Wänden, Tage und Nächte damit verbringend, lediglich von einem Gebäude in das nächste zu wechseln. Sondern Neues sehen, Weite erleben, Sonne unter einem freien Himmel spüren, der bis zum Horizont reichte. Bäume und Bäche statt Asphalt und Mauern.

Lebendige, geheimnisvolle Wesen anstelle von Computern und Maschinen.
Beinahe zögernd schlenderte Lou davon, betrachtete die Ställe, den Heuschober, den Anbau mit Sattelkammern und das Haus, in dem Elliot wohnte. Vermutlich bereits seit seiner Kindheit. Vermutlich war er in dieses Leben hineingeboren worden und stand deshalb denen verständnislos gegenüber, die wie Silke im Kontakt mit den Pferden eine Magie entdeckten, die Lou bislang auch stets für befremdlich gehalten hatte.
Und doch, auch als er längst wieder hinter dem Tresen stand, seinen Gästen Getränke über den Tisch schob und ihren Geschichten lauschte, behielt er den Anblick des Pferdes, das ihm nachgesehen hatte, bis er verschwunden war, in seiner Erinnerung.

Kapitel 2

Magie

Es geschah am folgenden Morgen und noch während Lou sich in der Straßenbahn auf dem Weg befand. Zuerst dachte er, er wäre eingenickt und träumte, doch der Ruf, der ihn ereilte, war zu deutlich. Er sah sich um, ob jemand anderes es auch gehört hatte, doch die Mitreisenden wirkten gelangweilt bis missmutig, starrten aus dem Fenster oder in ihre Zeitschriften, häufiger noch in ihre Mobiltelefone. Dabei war es ganz deutlich sein Name gewesen, den er gehört hatte. Und selbst wenn nicht, so spürte er doch deutlich, dass der Ruf sich an ihn richtete.
Es war ein merkwürdiges, fremdartiges Gefühl, eines das sich fern der Realität oder zumindest seiner Auffassung einer solchen befand. Hielt er sich doch im Allgemeinen für einen praktisch veranlagten Menschen, der mit beiden Beinen fest auf der Erde stand. Und der sich nicht von Blödsinn und abgehobenen Ideen beeindrucken ließ.
Es hatte wohl mit seiner Müdigkeit zu tun, denn sobald Lou sich gerade hinsetzte und aufmerksam umsah, verebbte der Laut. Er rieb sich die Stirn. Gut möglich, dass es auch an der Zeit war, sein Gehör checken zu lassen. Ein paar Rockkonzerte zu viel in seiner Jugend könnten möglicherweise schuld daran sein.

Während Lou die letzten Schritte zum Pferdehof zurücklegte, atmete er tief ein. Die Luft war immer noch frisch, doch die klirrende Kälte schien sich verzogen zu haben. Es waren nur noch Reste von Schnee zu entdecken und das Eis bereits getaut.

Als er am Koppelzaun stand und Cosimo beobachtete, wunderte er sich einmal mehr, dass der sich von Anfang an weitgehend problemlos von ihm hatte holen lassen. Elliot hatte oft genug erzählt, dass er ihn nicht führte, sondern froh darüber war, dass Cosimo selbstständig seinen Weg in die Box suchte.

Durchaus interessant, dass Cosimo sich bei Lou derart gut benahm. Als läge ihm viel an einer guten Zusammenarbeit.

Doch dass Cosimo sich nun aus der Herde löste und auf ihn zukam, das hatte er nicht erwartet. Auch als der Hengst nach wenigen Schritten stehenblieb und ihn ansah, schmälerte es seine Freude nicht. Sicher, es war ein Tier. Aber es hatte ihn wiedererkannt und offensichtlich bedeutete er ihm etwas. Genug, um den gewohnten Tagesablauf zu durchbrechen. Aus Langeweile? Vielleicht. Aus Neugierde? Eventuell auch das.

Lou kletterte unter dem Zaun hindurch, ging langsam und in einem Bogen auf Cosimo zu. Der wandte den Kopf nach ihm, blieb aber stehen und ließ sich ohne Widerspruch das Halfter anlegen.

„Es ist wärmer heute", sagte Lou, während er ihn zurück zum Stall führte und an der Stange anband. „Vielleicht wagen wir einen kurzen Trab, was denkst du?" Er grinste in

sich hinein. Das auch noch. Jetzt war er also auch zu einem Menschen geworden, der mit sich selbst sprach und dabei ein Tier vorschob. Was, wenn er sich daran gewöhnte? Wenn er nach Cosimos Ableben einsam wurde und sich einen kleinen Hund anschaffte? Zu einem jener Junggesellen wurde, die um einen Hund herumtanzten oder sich Katzen hielten? Er überlegte kurz, zuckte dann mit den Schultern. Weder das eine noch das andere sah er für sich. Dann sprach er doch lieber mit sich selbst.
Irrte er sich, oder verhielt Cosimo sich heute besonders entgegenkommend? Es schien fast, als freute der sich auf den Ausritt und empfände tatsächlich Vergnügen bei der Aussicht.
Lou schüttelte den Kopf und räumte das Putzzeug weg. Pferde dachten nicht im Voraus, sie lebten im Augenblick, das hatte er sich oft genug sagen lassen. Auch wenn er viel zu wenig von ihnen verstand, um sich ein Urteil zu erlauben, hatte er doch begriffen, dass sie keine oder zumindest kaum Erinnerungen besaßen, zugleich jedoch über hervorragende Orientierungsfähigkeiten verfügten. Immerhin hieß es, dass sie Verwandte nach Jahren wiedererkannten. Und nicht zuletzt existierten auch bei ihnen tief sitzende Traumata, die das Verhalten beeinflussten. Traumata, an denen vielleicht auch Cosimo litt, der daraufhin mit aufmüpfigem Verhalten reagierte. Lou glaubte sich zu erinnern, dass Silke davon gesprochen hatte. Und jetzt, nach so langer Zeit erst, begriff er ihre Faszination von dem Thema. Sicher nicht in dem Maße, in

dem sie ihm verfallen gewesen war. Aber doch bis zu einem gewissen Grad.

Lou sattelte und trenste Cosimo und führte ihn zur Aufstiegshilfe. Auch hier stand der Hengst ruhig, bis Lou sich auf seinem Rücken befand. Ohne dass er eine Hilfe gab, verfiel Cosimo in Schritt, begann gemächlich den Weg, den sie bereits am Vortag genommen hatte. Lou streckte den Rücken und gähnte. Es war sehr viel angenehmer, bei wärmeren Temperaturen unterwegs zu sein. Der Boden war weicher, es gab keine Notwendigkeit, zu fürchten, dass der Untergrund eine Gefahr darstellte.
Auch wenn er nicht den Eindruck gehabt hatte, als hätte Cosimo auf dem vereisten Boden Schwierigkeiten gehabt, so war er doch erleichtert, kein Ausrutschen mehr befürchten zu müssen. Cosimo schienen Wetter, Umgebung und die Möglichkeit zur Bewegung auch zu gefallen. Er sah sich interessiert um, beschleunigte hin und wieder das Tempo. Vielleicht war das der Schwung, vielleicht zeigte er jetzt bei besseren Witterungsverhältnissen, was in ihm steckte. Ein wenig Unsicherheit machte sich in Lou breit, doch versicherte er sich selbst rasch wieder, dass Cosimo ihm gegenüber stets verlässlich und freundlich gewesen war. In diesem Augenblick verfiel der Hengst in Trab. Lou erschrak unwillkürlich, rutschte im Sattel, fühlte sich wie auf einer Wippe. Hochgeworfen und unsanft wieder landend hoppelte er über die Wiese. Hatte er das nicht gewollt? Ein

wenig Tempo, ein wenig Abwechslung? Er rief sich die Bewegungen des Leichttrabens ins Gedächtnis, stand im Takt im Sattel auf, plumpste wieder zurück. Das war nicht, was er beabsichtigt hatte. Seine Erinnerung hatte andere Abläufe gespeichert und ganz gewiss mehr Leichtigkeit. Schnell kam er außer Atem. Es ließ sich nicht leugnen, er war kein Teenager mehr, der ein bisschen Gymnastik locker wegsteckte. Seine Knochen knackten und seine Balance ließ ebenso zu wünschen übrig. Darüber, dass er weder die Hilfe zum Trab gegeben hatte, noch mit seinen Versuchen durchzuparieren weitergekommen war, wollte er gar nicht erst nachdenken. Vielleicht hatte Elliot recht. Vielleicht war es verrückt, sich auf ein Pferd einzulassen, das einen solch üblen Ruf hatte. Das im Grunde mit ihm tun konnte, was es wollte. Weitaus schlimmer noch war, dass Lou genau wusste, wie schnell er einfach mitmachen würde. Einfach weil es ihm nicht in den Sinn kam, am Zügel zu reißen, gewaltsam gegenzusteuern oder den Rhythmus zu stoppen, auf den sich Cosimo so freudig einließ. Vielleicht lag es an dem Schwung, den er in Cosimo spürte. Er wollte ihn nicht bremsen, solange der sich wohlfühlte und den Ausflug sichtlich genoss. Dennoch – und es ließ sich nicht leugnen – war es das Pferd, das auf ihn aufpasste, das aber auch gleichermaßen den Ton angab. Es wich keinen Meter vom bekannten Weg ab, trabte ruhig und entspannt am Bach entlang. Für einen Moment dachte Lou daran, wie schön es wäre, wenn er mehr Übung darin besäße und nicht das Gefühl hätte, jederzeit aus den

Steigbügeln rutschen zu können. Schöner auch, begänne er nicht langsam aber sicher zu keuchen. Auch wenn es inzwischen erheblich wärmer war, der Himmel blieb bedeckt, die Sonne wollte sich nicht zeigen. Vielleicht ging aus diesem Grunde Lous Optimismus flöten. Alle Welt riet dazu, Sport zu treiben, bestand darauf, dass es höchste Zeit sei. Dass ein wenig Training Wunder wirke. Nur hatte er sich nie dazu aufraffen können und nun bezahlte er die Rechnung.

Womöglich wäre Aussitzen einfacher als Leichttraben, hatte er das nicht damals versucht? Einfach mitschwingen, er erinnerte sich an Worte der Reitlehrerin und versuchte es, stoppte den Rhythmus des Aufstehens und wieder Einsitzens. Doch nur, um wie ein Gummiball in die Höhe geworfen zu werden und unsanft im Sattel zu landen. Unmöglich konnte das gut für den Pferderücken sein. Oder für seine eigenen Knochen. Zudem rutschte er auch noch bedenklich von einer Seite zur anderen. Balance, dachte er wieder, daran fehlt es ihm eindeutig. Neben so vielem anderen. Und in diesem Augenblick spürte Lou, wie er das Gleichgewicht verlor, rutschte, noch weiter zur Seite rutschte und dann fiel. Die Welt drehte sich einmal um sich selbst und dann rappelte er sich auch schon wieder auf. Knie und Hände schmerzten und Cosimo sah ihn an. Das Pferd war stehengeblieben und wartete. Wollte vielleicht kichern, aber war dann doch eben nur ein Pferd. Rätselte wahrscheinlich nicht einmal darüber, was der Mensch sich

bei seinen Kunststücken dachte. Stöhnend humpelte Lou näher, nahm die Zügel.
Na toll, Elliot würde sich kaputtlachen. Da stand er nun, ein alter Mann, der nicht einmal mehr einen Trab gebacken bekam.
Reitstunden wären vermutlich doch angesagt gewesen, zumindest vernünftiger, als geradewegs wie ein Cowboy ins Gelände zu reiten. Verschwommen erinnerte Lou sich daran, dass der Tierarzt etwas in der Richtung gemeldet hatte. Nur hatte er, wie so oft, nicht zugehört. Von Anfang an war er zu verbohrt in der Vorstellung gewesen, dass ein wenig Ausreiten ohnehin die zwanglosere Form der Kommunikation zwischen Mensch und Pferd darstellte. Also gerade das, was ein störrischer Gaul brauchte, was ihn eher zur Vernunft brächte, als das verhasste Kreisereiten auf dem Reitplatz. Und war Silke nicht auch ausgeritten?
Gerade als Lou sich vorstellte, wie er nun den Weg zurück auf eigenen Füßen ging, beugte Cosimo sich zu ihm herunter. Und nicht nur das, er kam tatsächlich auf den Boden, faltete seine Beine unter den Körper, als wollte er es sich gemütlich machen, warf gleichzeitig auffordernd den Kopf zurück.
„Das meinst du nicht ernst." Lou runzelte die Stirn. Das konnte unmöglich gut für die Gelenke des Tieres sein. Oder überhaupt für die Knochen. Und welcher Idiot hatte Cosimo derartige Zirkuskunststücke beigebracht?

Lou zerbrach sich den Kopf darüber, wann und wo er etwas in dieser Richtung gehört oder gesehen hatte, jedoch wollte ihm nichts einfallen.
Cosimo bewegte den Kopf immer wieder und in seinem Blick lag Ungeduld. Lou ließ ihn los und trat einen Schritt zurück, hob die Augenbrauen.
„Gehst du tatsächlich in die Knie, mein Freund? Verbiegst dir Sprunggelenke und Fußwurzelknochen für mich?“ Er glaubte es kaum, doch das Pferd bewegte sich nicht, blieb in seiner Position und wartete. „Du bist echt verrückt“, murmelte Lou. „Oder ich bin es.“ Er atmete aus und näherte sich dem Pferd. Langsam, vorsichtig, stieg er in den Sattel, und tatsächlich, das Pferd erhob sich mit ihm, schaukelte wie ein Kamel. Lou spürte mit einem schlechten Gewissen, wie es sich ausbalancierte und dass dieses Kunststück mit Sicherheit nicht die leichteste Übung darstellte. Doch nun saß er oben und Cosimo lief weiter, als wäre nichts geschehen. Merkwürdig fühlte es sich an, beunruhigend sogar, und Lou wusste wieder einmal nicht, was er denken sollte. Er achtete darauf, oben zu bleiben, bemühte sich, die Schmerzen in seinem Fuß zu ignorieren. Mochte sein, dass er sich beim Sturz den Knöchel gestaucht hatte. Seine Seite pochte ebenfalls unangenehm. Nichts, was einen bleibenden Schaden hinterließe, so hoffte er zumindest, doch intensiv genug, dass er es nicht vollends ignorieren konnte.
Wieder am Stall angekommen, glitt er mehr oder weniger unbeholfen aus dem Sattel, stieß einen unfreiwilligen Laut

aus, als sein schmerzender Fuß den Boden berührte. Mit Cosimo im Schlepptau humpelte er zu der Putzstange, entfernte mühsam den Sattel und die Trense.

Elliot tauchte auf, besah ihn von oben bis unten, grinste dann. „Ich hab's gesagt", stellte der nur knapp fest und war bereits wieder verschwunden, noch ehe Lou eine Entgegnung hätte einfallen können. Was ohnehin nicht geschehen wäre, dachte er bei sich. Hätte schließlich weitaus schlimmer kommen können. Cosimo hatte nichts Falsches oder Gefährliches getan. Er hatte sich weder als launisch noch als schreckhaft erwiesen. Im Gegenteil, er war ihm behilflich gewesen. Wie ein Mensch. Sogar wie ein äußerst freundlicher Mensch. Ein Wesen, das auf ihn achtete. Und das alleine war mehr als seltsam. Pferde hielten Menschen nicht für Ihresgleichen, nicht einmal annähernd. Sie kannten die Unterschiede sehr genau. Beruhte denn nicht die gesamte Reitkunst darauf, dass der Mensch dem Pferd die Anweisungen gab und das Tier sie ausführte? Selbstverständlich im Einklang mit einem begabten Reiter. Nicht mit jemandem, der beim ersten Trabversuch bereits aus dem Sattel kippte.

Lou schloss die Augen. Dieses Pferd verhielt sich in mehr als einer Beziehung seltsam. Es irritierte ihn kolossal.

*

„Du siehst übel aus“, sagte Lenny, als Lou die Bar betrat.

Lou gähnte. „Wie ich mich fühle“, murmelte er dann. „Fix und fertig.“

„Vom Pferd gefallen?“ Lenny grinste, öffnete den Geschirrspüler und begann damit, die Gläser herauszunehmen.

„Könnte man sagen.“

„Ernsthaft?“ Lennys Grinsen wurde breiter und er öffnete den Schrank, stellte das erste nachpolierte Glas hinein.

„Nicht so wild“, beeilte Lou sich zu versichern. „Nur ein paar Prellungen.“

Lenny warf sich das Geschirrtuch über die Schulter, lehnte gegen den Tresen und stemmte die Hände in die Seiten. „Das geht so nicht weiter und das weißt du auch. Du machst dich fix und fertig mit dem alten Klepper.“ Er seufzte, zog die Nase kraus. „Ich verstehe ja, dass es eine familiäre Angelegenheit ist und mit deiner Schwester zu tun hat und so. Aber irgendwann muss auch Schluss sein.“

„Weiß ich doch.“ Lou atmete aus, rieb sich die Schulter. „Aber da ist irgendetwas an dem Pferd, ich kann auch nicht sagen, was es ist. Das lässt mich nicht los.“ Er stoppte sich, hatte nicht vorgehabt, derart ehrlich zu sein, musterte Lenny prüfend. Doch der lachte nicht, schüttelte nur den Kopf.

„Ich kann mit der ganzen Pferdesportsache nichts anfangen. Sicher, ein paar Mal war ich beim Rennen, aber solange man nicht gewinnt, weiß ich auch nicht, wozu das gut sein soll. Der Mensch ist jetzt motorisiert. Ich bin nicht

der Meinung, dass man eine derart unpraktische und altmodische Art der Fortbewegung erhalten sollte."
Lou verzog die Lippen. „Du hast darüber nachgedacht."
„Dokumentation gesehen, als ich nicht schlafen konnte", gab Lenny zu. „Es gibt Dokus zu den merkwürdigsten Themen." Er klopfte Lou auf die Schulter und der zuckte zusammen. Lenny legte mitleidig den Kopf schief. „Weißt du was? Geh heute früher. Ich schmeiße den Laden schon. Bist mir dann was schuldig."
Lou biss sich auf die Lippen. Er war tatsächlich müde. Und er sehnte sich nach einem Schmerzmittel. Am besten nach der doppelten Dosierung. Und da nicht viel los war, verließ er die Bar wirklich früher.
Der Weg nach Hause war anstrengend und trotzdem gelang es ihm nicht, einzuschlafen. Geschweige denn, zur Ruhe zu kommen. Schmerztabletten halfen nicht viel und eine weitere wagte er nicht zu nehmen. Er lag im Bett, starrte auf die geschlossenen Jalousien und dachte daran, wie er am Morgen geglaubt hatte, dass jemand seinen Namen riefe. Wie er das im Grunde immer noch glaubte. Er setzte sich auf, brachte die Füße auf den Boden, stützte den Kopf in die Hände. Vielleicht waren es die Tabletten, denn das Summen in seinen Ohren verstärkte sich. Es wurde zu einem Ton, der ihn vorwärtsdrängte, raus aus dem Bett, in seinen Mantel und dann aus der Wohnung. Lou starrte den Wolken nach, die sein Atem bildete, während er schneller lief. Die Hände in seine Taschen vergraben, das Kinn eingezogen. Busse fuhren nicht mehr

um diese Zeit und der Weg aus der Stadt heraus zog sich in die Länge. Wie dumm mitten der Nacht durch die Gegend zu marschieren, fort von belebteren Straßen in die Einöde. Dorthin, wo nur noch vereinzelte Gebäude standen, mancherorts Wachhunde anschlugen, kaum noch Autos zu sehen waren. Doch der Himmel war klarer geworden. Sterne zeigten sich. Und Lou hörte den Ruf. Nur dass er ihn nicht wirklich vernahm. Mehr das Klingen im Inneren seines Ohres, ein leises Schwingen in seinem Gehirn. Wenigstens versuchte er, sich das Phänomen auf diese Art zu erklären. Denn es war doch ein Ruf nach ihm und so absurd es schien, so wusste er, wer ihn rief.

Lou kannte Elliots Hunde und sie kannten ihn, beruhigten sich, noch während er sich dem Gebäude näherte. Eine Wolke zog vom Mond fort. Die milchig weiße Scheibe stand hoch und fern über ihnen, als er die Tür zum Stall öffnete. Pferde bewegten sich in ihren Boxen, schnaubten, erkannten ihn ebenso wie die Hunde wieder und kamen deshalb oder auch trotzdem zur Ruhe. Die Stallgasse war eng, der Geruch nach Pferd betäubend. Doch zog ihn ein unsichtbares Band, ein unklarer Lockruf weiter, bis er sich vor Cosimos Box befand und den Verschlussbolzen zurückschob. Das Pferd stand vor ihm, sah ihn an, als hätte es ihn erwartet. Und so unvorsichtig, so unbedacht es auch war, Lou betrat die Box und schloss die Tür hinter sich. Cosimo blieb still, zeigte sich weder erfreut noch abgeneigt, und Lou bildete sich ein, ihn gut genug zu kennen, um zu wissen, dass er keine Gefahr für ihn darstellte. Er blieb an der Tür stehen, atmete aus. Das Summen in seinen Ohren hatte aufgehört. Sein Atem ging ruhiger und vor seinem Mund bildeten sich keine Atemwolken mehr. Es war immer noch kalt, doch die Wärme der Pferdekörper reichte aus, dass er sich nicht mehr ganz so verfroren fühlte. Nichtsdestotrotz war es eine merkwürdige Situation. Und neben dieser Erkenntnis schlich sich Müdigkeit ein. Nicht nur die logische Erschöpfung nach dem langen Marsch durch die Nacht, sondern wirkliche Müdigkeit. Die Anspannung in seinen Gliedern löste sich, seine Knie wurden zu Gummi und langsam aber sicher rutschte er mit dem Rücken an der Tür herunter, bis er auf dem Boden saß, auf wenig sauberem Stroh. Lou legte sein Kinn auf sein Knie, umschlang beide Beine locker mit den Armen und sah Cosimo an, der wiederum ihn ansah. Vielleicht war es die Müdigkeit oder sein beginnender Irrsinn, doch es schien ihm, als lächelte das Pferd. Als säße ein Schalk in dessen Augen, eine stumme Aufforderung, die er nicht verstand. Er lächelte in sich hinein, schloss die Augen und lauschte darauf, wie Hufe sich ihm näherten, spürte warmen Atem auf seinem Gesicht, erschauerte leicht. Vielleicht döste er ein wenig, fühlte sich aufgehoben und sicher. Warm und mit einem Dach über dem Kopf. Als er die Augen wieder öffnete und seinen Kopf hob, benötigte er einen Augenblick, um sich zu orientieren. Es war dunkel, doch der Mond und die Sterne hell genug, dass er zumindest das Nötigste wahrnehmen konnte.

Immer noch stand dieses Pferd vor ihm. Doch war es auch wirklich ein Pferd? Er blinzelte. Die Schleier vor seinen Augen und in seinem Verstand wollten nicht verschwinden. Denn um ein Pferd handelte es sich nun nicht mehr. Das war eine Gestalt, die sich bewegte, die sich dehnte, bog, beugte und verzog. Schlanker wurde, kleiner, die sich aufrichtete und schließlich in sich zusammensackte, ihm gegenüber im Stroh hockte.

Lou blinzelte wieder, schluckte. Sein Kopf brummte. Das war es wohl. Fühlte es sich so an, verrückt zu sein? Denn verrückt war das hier definitiv.

„Ich träume", murmelte er. „Oder ich bin irre geworden und träume. Zuhause in meinem Bett, benebelt von Schmerzmitteln."

„Du solltest nicht so viele Medikamente schlucken", sagte die Gestalt.

Lou schluckte noch einmal, räusperte sich. „Ich werde mich nicht mit meiner eigenen Halluzination unterhalten", sagte er dann und senkte den Kopf, weigerte sich, den Schatten ihm gegenüber anzusehen, der so verdächtig menschlich wirkte.

Ein Laut wie ein Lachen war zu hören. Ein wenig heiser, ein wenig wie ein Glucksen. Die Stimme war rau, ungeübt. Allein, dass er so weit dachte, bewies, wie verrückt er bereits geworden war. All das hier existierte nicht und das Wort, das ihm in den Sinn kam, stammte aus Fantasiegeschichten.

„Woher …“, setzte er an, erinnerte sich zu spät daran, was er sich soeben noch gesagt hatte.
„Woher ich das weiß?“ Die Stimme war jetzt sanft, eher tief und erstaunlich angenehm. Und auch, dass Lou die Veränderung registrierte, irritierte nicht wenig. Er schüttelte den Kopf, wollte die Illusion auf diese Weise vertreiben.
„Ich weiß so einiges“, ging das Wesen auf seine eigene Frage ein. Lou blinzelte wieder, versuchte, seinen Blick zu schärfen. Schwarzes, zumindest dunkles Haar fiel ihm auf. Ein wilder Schopf, teilweise standen die Strähnen oder Locken weit ab. Die Augenfarbe war der Cosimos ähnlich. Und die Gestalt war nackt – wie auch sonst. Immerhin handelte es sich um Lous ganz persönlichen Traum. Insofern auch kein Wunder, dass die Haut samten und bronzefarben wirkte, die Muskeln straff und definiert. Zumindest behielt er die Erinnerung des Bildes, als das Wesen kurz gestanden hatte, auf diese Art in seinem Kopf. Wenn schon eine Einbildung, warum dann nicht eine angenehme? Er lachte beinahe, atmete schneller und immer noch erschöpft.
„Deshalb hab ich mich auch schon sehr lange nicht mehr verwandelt“, sagte die Gestalt nun, etwas leiser. Es klang fast wie ein Geständnis. „Die Menschen sind – nun – sie sind eben Menschen.“
Lou atmete aus, schnaubte. „Pferde sind einfacher?“, fragte er dann trotz aller Bedenken. Und glaubte im Grunde selbst nicht, dass er einen solch absurden Dialog mit seinem eigenen Hirngespinst führte.

Die Gestalt gluckste, lachte erneut und Lou überlegte, ob er sie Cosimo nennen sollte. Wenn er sich schon für verrückt erklärte, dann sollte ihn nichts mehr zurückhalten, dann akzeptierte er keine Grenzen mehr. Zumindest keine mehr, die er begriff.

„Cosimo?“ Er probierte es einfach aus. Die Gestalt neigte den Kopf und Lou kniff die Lider zusammen, versuchte, genauer zu sehen. Hohe Wangenknochen und dieses Haar, das auch ins Gesicht fiel, die Stirn fast vollständig verdeckte.

Cosimo seufzte, wirkte ein wenig ungeduldig. „Ich weiß, dass dir alles hier unglaublich vorkommt.“ Er wedelte mit der Hand, schüttelte dann den Kopf. „Aber glaub mir, ich habe schon so viele Reaktionen auf mein Auftreten beobachtet, da überrascht mich nichts mehr.“ Dennoch blickte er Lou erwartungsvoll an, bis der sich verpflichtet fühlte zu antworten.

„Wie oft hast du das bis jetzt gemacht?“ Er kam sich dumm vor, derart unbeholfen zu fragen.

Cosimo zuckte mit den Schultern. „Oft genug über die Jahrhunderte hinweg.“

„Jahrhunderte?“ Lou schluckte.

„Also gut, zwei Jahrhunderte“, korrigierte Cosimo sich, als genierte er sich für sein Alter. Ein Zug, der unaufgefordert sympathisch wirkte.

„Bist du unsterblich?“ Die Verlegenheit beim Stellen seltsam absurder Fragen verflog ein wenig.

Cosimo schüttelte den Kopf. „Das nun nicht. Aber soweit ich weiß, werden wir doch vergleichsweise alt. Älter als Menschen."
„Aber jetzt bist du doch auch ein Mensch." Lou rieb sich die Nase. Der Traum hörte einfach nicht auf.
„Ein Gestaltwandler", erklärte Cosimo. „Viele von uns gibt es nicht." Er räusperte sich. „Und die meisten entscheiden sich irgendwann für die eine oder die andere Form."
„Dann ist es nicht wie bei …" Lou bremste sich im letzten Moment, doch Cosimo lachte bereits.
„Nein, nicht wie bei Werwölfen. Aber ich liebe dieses Jahrhundert. Jeder weiß sofort, wovon ich spreche. Jeder hat mindestens ein Dutzend Filme gesehen und kein Bedürfnis, den Satan auszutreiben."
Lou blinzelte. „Das wohl nicht", gab er dann zu. „Aber eine Nervenheilanstalt käme gelegen."
Cosimo neigte den Kopf noch mehr, sah ihn von unten herauf an. „Wirklich?" In dem Wort lag keine Verachtung, aber doch ein kleiner Vorwurf. Oder eine Aufforderung, seinen Sinnen mehr zu vertrauen, als Lou es im Augenblick tat.
Er schnaubte. „Du erwartest im Ernst von mir, dass ich das einfach wegstecke? Gestaltwandel?"
„Aber du hast es gespürt?", erkundigte sich Cosimo. „Da war doch etwas. Gehört hast du mich auch, mein Rufen?"
„Dein Rufen?", wiederholte Lou. „Du meinst doch nicht …" Er hielt inne, beugte sich ein Stück nach vorne, versuchte, den Ausdruck in Cosimos Gesicht besser zu

erfassen. Der wirkte auf ihn ähnlich verdutzt, wie er selbst sich fühlte. Und dann lehnte auch er sich ein Stück vorwärts.

„Du hast mich gehört", versicherte er sich und Lou konnte sich des Eindrucks nicht erwehren, dass Cosimo gegen eine gewisse Ratlosigkeit kämpfte. Unsicherheit vielleicht ebenfalls und das Gefühl verstärkte sich, als er nicht weitersprach. Interessanterweise nahm ihm der Eindruck von Cosimos Unruhe ein wenig von seiner eigenen Irritation. Auf einmal fühlte er sich in seiner Haut sicherer. Der eigene Wahnsinn hin oder her, sein Gegenüber war in jedem Fall kein schreckenerregendes Monster. Ein durchaus positives Zeichen, entspränge es tatsächlich seiner eigenen Fantasie. Zumindest schien die nicht vorzuhaben, ihm etwas anzutun. Oder wollte ihn wenigstens nicht noch mehr erschrecken, als ohnehin bereits geschehen.

Als ob die Verwandlung von Pferd in Mensch nicht schreckenerregend genug gewesen wäre. Und sich nur vorzustellen, dass eine solche Verwandlung auch in die andere Richtung möglich war, das überstieg Lous Vorstellungskraft.

„Ich habe etwas gehört", gab er schließlich zu. „Und das soll … das war dein Rufen?" Er räusperte sich. „Es hörte sich mehr an wie ein Summen. Mit einem Nachhall."

Cosimo beugte sich weiter nach vorne zu ihm und er konnte sich täuschen, doch irgendwie war es dem gelungen, näher an ihn heranzurücken, ohne dass er es bemerkt hatte.

Und dass Cosimo nackt war, rückte mehr in den Fokus seiner Aufmerksamkeit, als es ihm lieb gewesen wäre.
„Jeder hört es wohl anders", sagte Cosimo leise. „Es handelt sich um eine Art Brückenbildung. Eine Kontaktaufnahme, die uns möglich ist. Wenn der, den wir rufen, offen dafür ist, dann bildet sich eine Verbindung, die im Laufe der Zeit stärker wird."
Lou blinzelte. „Das hört sich verrückt an."
Cosimo legte den Kopf schief. „Und es ist dennoch wahr."
„Viele Dinge sind wahr, von denen man es nicht geglaubt hätte", murmelte Lou mehr zu sich als zu ihm.
„Wie auch immer." Cosimo lächelte nun. Und sein Lächeln, soweit Lou es in der Dunkelheit sehen konnte, war warm und schön. Befreit, als fühlte er, dass er sich von dem Pferdekörper und damit der Unmöglichkeit gelöst hatte, deutliche oder eher menschliche Mimik zu zeigen. Es konnte schließlich nur befreiend sein, das enge Gefängnis einer eingeschränkten Hülle aufzugeben. Oder nicht?
Wie war das mit der stummen Kommunikation zwischen Pferden, den winzigen, selbst für den aufmerksamen Beobachter kaum sichtbaren Zeichen, mit deren Hilfe die Tiere sich verständigten?
Nichtsdestotrotz, Lou konnte nicht anders, als zu glauben, dass der menschliche Körper mehr Möglichkeiten besaß, sich auszudrücken. Sogar ohne Sprache. Oder lag es nur daran, dass er lediglich gewohnt war, auf die menschliche Kommunikation zu achten?
„Was nun?", fuhr Cosimo fort. „Was denkst du darüber?"

Lou verzog die Lippen. „Ehrlich? Ich weiß nicht recht, was ich denken soll."

Ein klein wenig wich Cosimo nun zurück. „Aber du hast mich gehört." Er sah nun zu Boden. Seine Finger spielten mit einem Strohhalm. „Ich war mir sicher, dass zwischen uns …" Er hielt inne, seufzte leise. Lou atmete kaum, lauschte ungläubig.

„Aber vielleicht war mir auch nur langweilig", fuhr Cosimo fort. „Du kannst dir kaum vorstellen, wie wenig abwechslungsreich so ein Leben ist. Es war nie so, als erhielten Pferde große Gelegenheiten für besondere Erlebnisse. Und ehrlich gesagt, war mir das auch ganz recht. Da lief zu viel ab. Gewalt, Krieg, menschliche Dramen." Er schüttelte sich leicht. „Ich hatte ziemlich schnell genug. Und immer wenn ich genug habe, nehme ich mir eine Auszeit." Er zuckte mit den Schultern. „Kann ohnehin nicht lange dauern. Irgendwann fällt auf, dass ich nicht wirklich altere. Also nicht in dem Maße, in dem andere Pferde es tun. 25 Jahre sind für mich nicht lange."

Lou atmete aus. „Was willst du dann von mir?", fragte er, der hilflose Unterton deutlich hörbar. „Auch wenn Menschen älter werden als Pferde, so sind 25 Jahre doch eine ziemlich lange Zeit. Außerdem weiß man auch heutzutage nicht, wann es einen trifft." Wehmütig dachte er an Silke und auch Cosimo schwieg, folgte möglicherweise sogar Lous Gedanken.

„Vielleicht hätte ich es ihr eines Tages gesagt“, murmelte er schließlich. „Sie hätte es verdient, zu wissen, was mit mir los ist.“

Lou blickte auf. „Also hast du nicht? “ Er war in seinen Überlegungen noch nicht weit genug gekommen, um hier eine Schlussfolgerung zu ziehen.

Cosimo schüttelte den Kopf. „Es kam mir nie in den Sinn. Ich war zufrieden mit ihr, mit dem Leben. Damit, alles hinter mir zu lassen und aufzuschieben, worum ich mich nicht kümmern wollte. Natürlich war mir klar, dass es nicht ewig dauern konnte. Aber nicht daran zu denken, verlieh wenigstens eine Illusion von Freiheit.“

„Und jetzt denkst du daran?“

Cosimo rümpfte die Nase. „Das ständige Gerede vom Schlachter hält einen wach. Elliot nimmt kein Blatt vor den Mund.“

„Also du verstehst, was wir sagen, auch wenn du … nicht du bist?“

Cosimo nickte. Dann seufzte er.

„Auf jeden Fall wurde mir bewusst, dass sich etwas ändern muss, wenn mein zugegeben absonderlich langes Leben kein abruptes Ende finden sollte.“ Er räusperte sich, geradezu als empfände er einen Anflug von Verlegenheit.

Lou schauderte bei der Vorstellung, traute er Elliot im Grunde eine Nacht- und Nebelaktion durchaus zu. „Ich würde das nicht zulassen“, erklärte er schnell und ihm war, als lächelte Cosimo dankbar.

„Nun.“ Der zögerte ein wenig, fuhr dann aber doch fort. „Ich verstehe aber auch genug von der Welt, um zu wissen, dass nicht immer alles nach Plan läuft. Oder dass gute Absichten nicht zwangsläufig ausreichen.“ Er seufzte abermals leise. „Auch ist mir durchaus klar, wer du bist und was du bist. Ich meine damit, dass es sich bei dir um keinen Gutsherren handelt, der mich auf einem seiner vielen Gestüte unterbringt. Davon abgesehen, dass ich das auch gar nicht wollte.“ Lou beobachtete, wie sich Cosimos nackte, auffallend haarlose Brust hob und dann senkte, während er ausatmete. „Ehrlich gesagt bin ich versucht, mich für eine Weile wieder in die menschliche Gesellschaft zu integrieren. Für den Fall dass das funktionieren sollte.“ Er räusperte sich, zog die Nase kraus. „Und ich bräuchte natürlich Hilfe.“

„Hilfe“, wiederholte Lou dümmlich und da hörte er es wieder, ein leises glucksendes Lachen.

„Hilfe“, sagte Cosimo amüsiert. „Von einem Menschen. Es ist bei Weitem nicht so schwer, eine geraume Zeit als Pferd zu leben, wie man es sich vorstellt. Man muss nur rechtzeitig den Absprung planen, bevor sich jemand darüber wundert, wie alt sein Gaul bereits ist. Dann taucht man irgendwo und weit genug entfernt wieder auf und ein anderer Pferdefreund bietet Kost und Logis.“

Lou lächelte nun auch. „Hört sich tatsächlich einfach an.“

Cosimo neigte den Kopf. „Einigermaßen, aber es hängt natürlich viel an dem, der sich für den Besitzer hält. Manche haben keine Ahnung, manche sind einfach nur

brutal.“ Er rieb sich die Stirn. „Und natürlich ist das alles heute sehr viel schwieriger. Mit den Pässen, den Chips, den Stammbäumen, der ganzen Vernetzung im Allgemeinen.“ Wieder atmete er aus, lächelte nun etwas trauriger.
„Deshalb sage ich, dass ich Hilfe bräuchte. Ich habe wohl doch einige Jahrzehnte im Dornröschenschlaf verbracht.“
Lou schnaubte. Rosen waren mit das Letzte, was ihm in den Sinn kam, wenn er sich in der Box umsah.
Er biss sich auf die Lippe, kniff sich in die Wange. Zeit für eine Rasur. Und dass er genau das dachte, schien ihm ein guter Hinweis darauf zu sein, dass er zumindest nicht träumte. Er nahm seinen Mut zusammen.
„Also gut, Cosimo – heißt du überhaupt so?“
Cosimo nickte. „Dort, wo ich herkomme, war es ein beliebter Name.“
„Hm.“ Lou schüttelte den Kopf, dachte an Italien, Meer und Urlaub. „Und wie vermittelst du das?“
Cosimo hob die Augenbrauen und Lou nickte und fragte nicht weiter, dachte lieber nicht darüber nach, wie viele Informationen ein Wesen wie Cosimo einfach durch die Luft schickte und darauf wartete, dass sie ein Ziel erreichten. Oder ob er sich vielleicht verwandelte, in Zimmer einstieg und so lange seinen Namen flüsterte, bis sein Finder das neue Pferd auch so nannte.
Schließlich zog Lou die Nase kraus. „Ich helfe dir. Aber ich weiß nicht wie.“
Cosimo strahlte über das ganze Gesicht und obwohl es immer noch tiefe Nacht war, schien es Lou, als ginge die

Sonne auf. Die dunkelbraunen Augen glitzerten und dieser Eindruck entstammte bestimmt einer übernatürlichen Quelle. Derselben verrückten Quelle, welche entweder Lous eigenen Wahnsinn bedeutete, oder die Pferde zu Menschen machte und umgekehrt.

„Ich weiß wie", wisperte nun Cosimo und mit einem Mal fühlte es sich wieder an, als wäre er ganz nah bei ihm. „Nimm mich mit zu dir."

Lou blinzelte verblüfft. „Mit zu mir? Aber ist das nicht Diebstahl?"

Cosimo kicherte leise. „Sag bloß, das ist das Erste, was dir einfällt."

Lou suchte nach Worten, zuckte dann hilflos mit den Schultern.

„Ich weiß nicht. Ich meine, bist du nicht … brauchst du nicht … irgendwas … ich weiß nicht, was du bist." Er verhedderte sich in seinen eigenen Gedanken.

Cosimo schnalzte mit der Zunge. „Zum einen gehöre ich niemandem, egal in welcher Gestalt. Kein lebendes Wesen tut das, egal, wie die allgemein menschliche Meinung dazu aussieht." Er holte hörbar Luft. „Zum anderen, wenn ich das richtig sehe, finanzierst du meinen Aufenthalt hier. Der gute Elliot schröpft dich genug. Da darfst du ihm auch mal einen Schreck einjagen."

Das war nun wirklich das Letzte, an das Lou gedacht hatte, aber trotzdem verfolgte er den Gedanken weiter. „Elliot wird dich suchen."

Cosimo legte den Kopf schief. „Er wird mich kaum finden, wenn du mich mitnimmst."
„Mit zu mir?" Lou versuchte vergeblich, seine Gedanken zu ordnen. „Ich lebe in einer Zwei-Zimmer-Wohnung. Da ist nicht viel Platz. Sozusagen fast gar keiner."
Cosimo sah sich bedeutungsvoll um. „Ich vermute, dass die Umgebung dennoch anregender sein dürfte als das hier."
Lou öffnete den Mund, lachte dann atemlos. „Das mag wohl sein. Aber ich weiß nicht, was du erwartest. Oder ob ich verrückt bin."
Cosimo zuckte mit den Schultern. „Dann lass es uns herausfinden."
Lou rieb sich die Hände an den Jeans trocken. Auf einmal war ihm warm geworden. Vor Aufregung vielleicht. „Du kannst so nicht gehen. Ich meine – es ist kalt draußen."
Um Cosimos Lippen zuckte nun ein verhaltenes Lächeln. „Ich kenne den Hof, jeden Winkel, jeden Schrank, jedes einzelne Kleidungstück, das hier gelagert wird. Der Besitzer von Cheyenne hat meine Größe und mindestens eine Regenhose, Gummistiefel und einen kaputten Parker in seinem Schrank. Letzteren vermutlich hinter den Dressursattel gestopft."
Lou nickte. Seltsam, wie logisch sich das anhörte. Und wie er so gar keine Zweifel daran hegte, dass es durchaus genehm und gerechtfertigt war, sich an den Schränken anderer zu bedienen. Immerhin ging es hier um einen wahrhaft verblüffenden Sonderfall. Der berechtigte sicherlich zu außergewöhnlichen Methoden.

Und so dachte er immer noch, als er sich hochzog und die Tür der Box öffnete. Danach sah er dabei zu, wie Cosimo sich erhob. Wie der – und das bildete er sich nicht ein – auffallend ungelenk einen Fuß vor den anderen setzte. Als hätte er noch nicht herausgefunden, wie man sich auf zwei Beinen ausbalanciere. Dass er für einen Moment nach vorne kippte und versuchte auf den Zehen zu laufen, das bildete er sich vielleicht doch nur ein.

Tatsächlich stellte es für Cosimo kein Problem dar, den Schrank auszumachen, den er offensichtlich im Auge hatte. Wie es aussah, hatte er auch in seiner Pferdegestalt die Zahlenkombination des Schlosses begriffen und seine Hände gut genug im Griff, um den Mechanismus zu handhaben. Das Schloss sprang auf und wenige Momente später steckte Cosimo in einer Regenhose, Gummistiefeln, einem löchrigen Pullover und einer unförmigen Jacke.

Er streckte sich, trat von einem Fuß auf den anderen, unternahm probeweise ein paar Schritte.

„Zu groß?", erkundigte Lou sich, als die Gummistiefel mit vernehmlichen Lauten auf den Boden auftraten.

Cosimo rümpfte die Nase. Die kleine Lampe über der Stalltür erlaubte Lou, dessen Züge deutlicher zu erkennen. Trotz der Grimasse sah Cosimo ausnehmend gut aus, objektiv besehen, und sobald er dies dachte, verbot Lou sich den Gedanken auch schon wieder. Das waren weder die Zeit noch der Ort.

„Schätze schon", antwortete Cosimo nun, hob einen Fuß an und schüttelte ihn ein wenig. Der Stiefel wackelte und Lou lächelte.

Cosimo setzte den Fuß wieder ab, zuckte mit den Schultern. „Ist zu lange her. Ich bin es nicht mehr gewohnt, so zu laufen. Und schon gar nicht mit Stiefeln."

„Aber deine Hufe?", fiel es Lou plötzlich ein. „Die waren beschlagen?" Er erinnerte sich genau.

Wieder zuckte Cosimo mit den Schultern, legte den Kopf schief. „Ist wie mit dem Chip. Oder mit Ohrlöchern, wenn man so will. Was die eine Ausprägung trägt oder welche Veränderungen an ihr vorgenommen werden, das hat keinen Einfluss auf die andere. Und bevor du fragst, ich habe auch keine Erklärung. Ich kam so auf die Welt." Seine Stimme wurde leiser und Lou glaubte, einen traurigen Unterton zu vernehmen.

Er fragte nicht weiter, bedeutete Cosimo nur, weiterzulaufen.

„Es wird eine Weile dauern", warnte er und sah auf die Uhr. Die Nacht war noch lange nicht vorbei. War es nicht komisch, dass er sich bereits an die Situation gewöhnt hatte? Genug in jedem Fall, um sie auf gewisse Art als normal wahrzunehmen. Genug, um bereits zu planen. Um sich zu fragen, ob diese neue Gestalt überhaupt in der Lage war, auf zwei Beinen mehrere Kilometer zurückzulegen.

Doch wie es sich herausstellte, hielt Cosimo durchaus mit ihm mit. Er lief nicht gerade sicher, rutschte und stolperte von Zeit zu Zeit, doch die sehnige Gestalt hatte nicht getäuscht. Lou dachte daran, wie er Cosimo beobachtet hatte. Während der über die Weide galoppiert war, mit den anderen Pferden gespielt und sich gewälzt hatte, um dann wieder aufzuspringen. Ohne sichtbare Anstrengung. Ohne dass ihm das Alter anzusehen gewesen wäre, das man ihm zugesprochen hatte.

Und auch jetzt, während des Weges, den Lou selbst längst zu spüren begann, zeigte Cosimo wenig Anzeichen von Ermüdung. Aufmerksam sah er sich um, während sie eine weitere der Straßenlaternen am Wegesrand hinter sich ließen.

„Es ist so anders“, erwiderte er. „Alles. Ich hatte es vergessen. Man sieht anders, fühlt anders, läuft anders. Aber erst einmal ist da eine große Unsicherheit. Es fehlt mir die Fernsicht.“ Er überlegte. „Und die Gerüche. Die Laute. Als Mensch ist man so – in sich gefangen.“ Er runzelte die Stirn. „Ist das nachvollziehbar?“

Lou antwortete nicht, lächelte nur leicht, wartete darauf, dass Cosimo sich weiter erklärte. Das Gegenteil hatte er gerade eben noch gedacht, aber was wusste er schon und welche Bedeutung hatte seine kleine Sicht der Dinge?

Dabei konnte er sich schon jetzt vorstellen, sich an die Stimme zu gewöhnen, schon jetzt lauschte er ihr viel zu gerne.

„Das menschliche Gehirn arbeitet ständig“, erklärte Cosimo. „Es ist alles miteinander vernetzt. Ständig kommen Gedanken, Erinnerungen, Ideen. Alles vermischt sich mit Eindrücken, zugleich drohen sie unterzugehen in dem Gewirr.“ Mit einem Mal blieb er stehen. „Vielleicht sind es die Worte, die stören und alles so kompliziert werden lassen“, rief er aus, als durchlebte er eine Epiphanie, und lachte dabei. Lou stand nun ebenfalls, sah zu, wie weiße Atemwolken im Rhythmus des Lachens in den Himmel stiegen. „Worte verkomplizieren alles.“ Cosimo drehte sich um sich selbst. „Und dann sehe ich so wenig. Fühle so wenig.“ Er schauderte, das Lachen stoppte. „Und friere zur gleichen Zeit. Geradezu erbärmlich. Mensch zu sein hat definitiv erhebliche Schattenseiten.“

„Du kannst es dir noch überlegen“, meinte Lou, obwohl er nicht recht wusste, was er von dem Sinneswandel halten sollte und ob er auch nur annähernd bereit war, aufzugeben, was er gerade erst entdeckt hatte. „Ich helfe dir auch, wenn du dich jetzt sofort zurückverwandelst“, brachte er schließlich hervor.

Cosimo kam näher, starrte ihn intensiv an, schüttelte dann den Kopf. „Auf gar keinen Fall“, erklärte er dann. „Das Leben als Pferd ist kein Zuckerschlecken. Und man kann sich definitiv nicht so wortgewaltig darüber beschweren.“ Er lächelte schief. „Oder auf eine Weise, dass jemand darauf reagiert, der die Macht dazu besitzt, eine Verbesserung herbeizuführen.“

„Aha.“ Lou konnte ihm nicht so rasch folgen, beschloss gleichzeitig, dass er selbst viel zu durchgefroren war, um tiefgreifende Gespräche zu führen.

Er verschränkte die Arme vor der Brust, zog das Kinn ein, atmete in seinen Kragen. Es half nicht. Ihm wurde nicht wärmer, und er wollte sich gar nicht erst vorstellen, wie kalt es Cosimo sein musste.

Kapitel 3

Nähe

Doch auch der längste Weg nahm ein Ende und noch lange, bevor sich die ersten Anzeichen des Morgens regten, fanden sie in die Stadt zurück. Lou holte tief Luft, bevor er die Haustür aufschloss, Cosimo bedeutete, seine Gummistiefel möglichst gründlich abzustreifen und auch möglichst leise die Treppen in den zweiten Stock hinaufzusteigen.

Ein zweiter Schlüssel trat in Aktion und Lou atmete erst aus, als sich die Tür öffnete und ihm Wärme entgegenschlug. Er erinnerte sich dunkel daran, gefroren zu haben, als er am Tag zuvor seine Wohnung betreten hatte. Jetzt war er froh darüber, die Heizung hochgedreht zu haben.

Cosimo blinzelte, starrte in die Lampe und dann in den Raum. Lou beeilte sich, zum Schrank zu laufen und ihm ein paar bequemere und wärmere Sachen herauszusuchen.

„Trägt man das heutzutage?“ Cosimo runzelte die Stirn, betrachtete die ausgewaschene Jeans und den Sweater. Lou lachte. „Das ist vielleicht das Einzige, was dir wirklich passen dürfte“, antwortete er schließlich. „Und ein wenig mehr Dankbarkeit hätte ich schon erwartet. Natürlich kannst du die Regenhose auch behalten.“

Cosimo schüttelte den Kopf. „Daran muss ich mich wieder gewöhnen“, murmelte er dann. „Kleidung. All diese Dinge, die zu schnell viel zu kompliziert werden.“

„Auch vor zweihundert Jahren?“, erkundigte sich Lou und kramte in seiner Schublade nach noch verpackter Unterwäsche, hielt inne, als ihm etwas in den Sinn kam.

„Gerade da“, antwortete Cosimo, während er sich zu ihm umdrehte. „Aber das war vermutlich immer so.“ Er stand reglos im Raum, die Kleidungsstücke vor sich auf den ausgestreckten Armen. Bei elektrischem Licht fiel umso mehr auf, wie wenig ihm die Regenhose passte. Seine Füße waren schmutzig, die Gummistiefel hatte er neben Lous Schuhen im winzigen Eingangsbereich abgestellt.

„Ich habe ganz vergessen, dass du dich vermutlich waschen willst“, sagte Lou nun verlegen. „Und dass ich dir vielleicht zeigen sollte, wie das alles funktioniert.“

Cosimo verzog die Lippen. Es sah beinahe aus, als ob er schmollte, und Lou verspürte ein merkwürdiges Gefühl. Ein Kribbeln in seiner Magengegend. Es war verdammt lange her, dass er etwas Ähnliches verspürt hatte. Er schluckte trocken, versuchte, nicht darauf zu achten, wie schwarze Locken in Cosimos Stirn fielen, wie dessen Augen auch hier in diesem Licht samten schimmerten. So dunkel wie die des Pferdes und ähnlich seelenvoll.

„Ich bin nicht dumm“, erklärte Cosimo. „Die Sprache der Zeit habe ich mir schnell eingeprägt. Da werde ich mit ein paar technischen Kleinigkeiten zurechtkommen. Davon abgesehen, so lange ist es nicht her, dass ich auf zwei

Beinen gelaufen bin. So was wie das hier, gab es da auch schon." Er sah sich um. Sein Blick blieb etwas lange genug an Lous Flachbildfernseher, dem Laptop und der Musikstation hängen, um seine Worte Lügen zu strafen. Dann zuckte er mit den Schultern. „Programmiert man jetzt die Badewanne auch ein?"

Lou lachte nervös. „Das wohl nicht."

Aber dann zeigte er ihm das kleine Badezimmer mit der Dusche, den Korb für Schmutzwäsche, Shampoo und Duschgel.

„Seife tut es auch", widersprach Cosimo großspurig, probierte dann aber doch am Verschluss des Shampoos herum, schnupperte interessiert daran. „Du kannst jetzt gehen", sagte er und winkte. Ein wenig, als entließe er Lou großzügig aus seiner Verantwortung. Der fragte sich zum ersten Mal, welch einen Status Cosimo wohl als Mensch gewohnt gewesen war, bevor er überhaupt gewusst hatte, dass er sich in ein Tier verwandeln konnte. Oder war er bereits mit dem Wissen geboren worden? Und was hatte das für seine Familie bedeutet?

Verspätet bemerkte Lou, dass er immer noch im Eingang des Badezimmers stand. Er biss sich auf die Lippe und drehte sich rasch um, schloss die Tür hinter sich und lauschte darauf, dass die Dusche ansprang.

Einen Moment stand er still und überlegte, stellte sich unwillkürlich vor, wie Cosimo sich einseifte, bevor sein Verstand wieder einsetzte.

Der Wasserkocher rappelte und natürlich hatte er keine zwei Kaffeebecher, die zusammenpassten. Seltsam war nur, dass er sich nie zuvor darüber Gedanken gemacht hatte. Cosimo war nicht sein erster Gast und auch nicht der Erste, der bei ihm übernachtete.
Lou entschied sich für ungesüßten Kamillentee. Wie sollte er auch wissen, ob Pferde, die sich in Menschen verwandelten, in jeglicher Gestalt zu Koliken neigten? Und für den Fall, dass Cosimo Kamille nicht leiden konnte, stellte er eine Packung mit Zuckerwürfeln auf den Tisch, kramte ein wenig in den Schränken, fand ein paar Kekse und Zwieback. Prüfend betrachtete er sie.
Als Cosimo aus dem Bad trat, die Haare immer noch tropfend nass, das Sweatshirt ein wenig zu kurz und zu eng, die Hose seltsam unförmig und die Knöchel sichtbar, saß Lou auf dem kleinen Sofa und wärmte sich die Hände an seinem Becher. Schnell jedoch stellte er ihn ab und suchte die Socken hervor, an die er zuvor nicht gedacht hatte.
Cosimo setzte sich neben ihn, zog die Socken über und griff ohne zu zögern nach seinem Becher. Er probierte und begann dann damit, ein Stück Zucker nach dem anderen in die Tasse zu geben. Lou schob ihm die Packung mit den Keksen hin und Cosimo fiel auch über die her. „Ich hatte vergessen, wie das schmeckt“, brachte er schließlich mit vollem Mund hervor und sein Strahlen war so ansteckend, dass Lou ebenfalls grinsen musste.
„Ist mal was anderes als Heu und Stroh“, bemerkte er und Cosimo kaute und schluckte.

„Sag das nicht", widersprach er. „Als Pferd weiß man das durchaus zu würdigen, ganz zu schweigen von frischem Gras. Und dann gibt es natürlich auch Müsli und Leckerli. Die Aussicht treibt einen durchaus an."

Er spülte die Kekse mit Kamillentee hinunter und wirkte dabei ausgesprochen zufrieden. „Morgen besorgen wir etwas Besseres", murmelte Lou ohne nachzudenken, doch Cosimo blickte rasch auf, lächelte breit.

„Du planst im Voraus?"

„Na ja." Lou zögerte. „Wie stellst du dir die folgenden Tage vor? Ich meine, wenn du dich bereits auskennst, wozu brauchst du dann meine Hilfe?"

Cosimo seufzte, wirkte mit einem Mal ernüchtert. „Bei allem, vermute ich." Und jetzt wirkte er ein wenig verlegen. Eine willkommene Abwechslung zu seiner sonst an den Tag gelegten Großspurigkeit. Er zuckte mit den Schultern. „Ich habe kein Geld, keinen Namen, keinen Ausweis, all die Dinge, ohne die man heutzutage schwerlich zurechtkommt."

Lou nickte, gähnte mit einem Mal. „Das hat noch Zeit", murmelte er dann und stand auf. „Erst einmal zeige ich dir, wie man das Sofa ausklappt." Er sah auf die Uhr. „Ich muss unbedingt eine Runde schlafen."

Cosimo legte den Kopf schief, betrachtete ihn. „Ja, du siehst fertig aus."

Lou lachte kurz. „Ich bin mitten in der Nacht kilometerweit durch die Kälte gelaufen. Das ist alles andere als mein übliches Work-out."

„Hm." Cosimo sah ihn neugierig an. „Ganz ehrlich: In diesem Jahrtausend benehmen sich die Menschen zunehmend seltsam."
„Was kaum zu bestreiten wäre." Lou lächelte noch, stand dann auf und suchte Bettwäsche und Decken heraus. Er nahm eines seiner Kissen vom Bett und reichte es Cosimo, der ihm gefolgt war. „Mach es dir gemütlich." Er gähnte wieder. Die Müdigkeit legte sich wie eine schwere Decke auf ihn und er schaffte es kaum noch, die Augen offenzuhalten. Plötzlich spürte er eine Hand auf seinem Arm, warmen Atem an seiner Wange. „Ich komme zurecht", flüsterte Cosimo. „Und ich danke dir."
Die leise Stimme verursachte ein Kribbeln entlang seiner Wirbelsäule. Lou nickte nur, zog sich in sein Zimmer zurück und erneut beschlichen ihn Zweifel, ob es sich hier um Realität handelte oder um seine Einbildung. Um eine bemitleidenswerte Folge seiner Einsamkeit.
Jedoch war er zu müde, um einer wie auch immer gearteten Sorge Raum zu geben, und so fiel er in sein Bett und schlief tief und fest, bis der Wecker schrillte.

Als er sich aufrappelte, schmerzten seine Beine und der ungewohnte Marsch der Nacht kehrte umgehend in sein Gedächtnis zurück.
Durch die Jalousien drang Sonnenlicht und Lou gähnte, bevor er diese aufzog, mehr Lärm dabei machte als unbedingt notwendig. Es konnte nicht schaden, Cosimo vorzuwarnen, zumal er nun die Absicht hatte, sein Zimmer

zu verlassen. Andererseits war es nicht unbedingt, als ob Pferde viel Erfahrung mit Privatsphäre hätten, wenigstens vermutete er, dass aus diesem Grund Cosimos Schmerzgrenze nicht sehr hoch lag.
Tatsächlich saß der aufrecht auf dem Sofa, ein verlockender Kontrast aus schwarzem, weichen Haar, goldener Haut und dunklen Augen, gekleidet in ein T-Shirt, von dem sich Lou nicht erinnerte, es aus dem Schrank geholt zu haben, und starrte ihn unverhohlen an. Die Decke um die Beine gewickelt, wirkte er recht zufrieden und Lou lächelte, deutete auf die Tür zum Badezimmer. Cosimo kniff die Augen zusammen, nickte dann und erwiderte das Lächeln.
Während Lou sich die Zähne putzte, überlegte er, wie er den Tag angehen sollte. Er verdrängte wohlweislich die Tatsache, dass ein nicht unerheblicher Teil von ihm trotz aller deutlichen Hinweise längst nicht davon überzeugt war, dass es sich hierbei um Realität und bei Cosimo um ein tatsächlich existierendes Wesen handelte. Um ein magisches Wesen, das auf seinem Sofa übernachtete.
Als er aus dem Badezimmer trat, hatte sich Cosimo zu seiner Überraschung bereits angekleidet und sah ihm neugierig entgegen.
„Kaffee“, murmelte Lou, ging in Richtung Küche und fuhr sich durch sein Haar, ohne sich umzusehen oder sich erklären zu können, woher seine plötzliche Nervosität stammte.
„Ich erinnere mich an Kaffee“, sagte Cosimo und Lou drehte sich zu ihm um.

„Natürlich tust du das“, gab er zurück und versuchte vergeblich zu ignorieren, wie attraktiv Cosimo selbst in diesen unförmigen Klamotten und mit dem verstrubbelten Haar wirkte.

Cosimo lächelte. „Ich weiß, was du denkst.“ Seine Stimme war leise, der Kopf gesenkt. Doch blinzelte er zu ihm hoch, beinahe neckend, fast, als bemühte er sich, den notwendigen Ernst zu bewahren.

„Du amüsierst dich fabelhaft, nicht wahr?“ Lou seufzte, während er sich wieder umwandte und mit der Kaffeemaschine hantierte.

„Du kennst das wohl. Leute zu verwirren, die sich danach tagelang fragen, ob sie den Verstand verloren haben.“ Er schaltete die Maschine ein und drehte sich wieder um. Cosimo lächelte immer noch.

„Ich war noch bei keinem so nah dran“, erklärte Cosimo selbstbewusst. „Ich meine, sie rennen weg oder sie bringen mich gleich irgendwo unter, wo ich mich dann selbst zurechtfinde. Das sind die Netten. Diejenigen, welche sich nicht ganz so sehr fürchten.“

„Vor dir fürchten meinst du?“ Lou starrte auf die Kaffeemaschine, die gefährlich brummte, bevor die ersten Tropfen brauner Flüssigkeit in die Kanne tropften.

„Als ob du dich nicht auch gefürchtet hast. Oder immer noch fürchtest?“

Auf diese Frage hin wandte Lou sich wieder um, begegnete Cosimos offenem Lächeln. Der wirkte so ganz und gar nicht furchterregend. Allerdings wirkte er auch so ganz und

gar nicht wie ein Pferd, das zudem in diese Wohnung nicht einmal hineingepasst hätte.
Lou leckte sich verlegen die Lippen. Wie war es möglich, dass Cosimo am frühen Morgen, in seinen alten Klamotten und in den dicken Socken, so unheimlich gut aussah? Oder lag es nur daran, dass er vollkommen anders wirkte? Vollkommen anders als all die Leute, die Lou sonst kannte. Freier erschien er, das war es vielleicht. Losgelöst und ungebärdig wie seine Frisur, wie die Haare, die sich – und darauf konnte er wetten – nicht ohne Weiteres zähmen ließen.
Lou presste die Lippen zusammen und holte die Marmelade aus dem Kühlschrank. War es moralisch verwerflich, sich für jemanden zu interessieren, der deutlich ausgedrückt hatte, dass er sich in einer Art Abhängigkeitsverhältnis zu ihm befand? Er räusperte sich, starrte in die Kaffeekanne, die sich langsam füllte. Zugegeben, Cosimo konnte sich – wenn Lou es richtig verstand und nicht verrückt war – jederzeit zurückverwandeln. Und ihn als Pferd in Grund und Boden stampfen, sollte das denn seine Absicht sein. Pferde waren nun einmal stärker als Menschen. Andererseits läge ein derartiges Verhalten kaum in ihrer Art. Von Natur aus waren sie ausgesprochen friedlich und meist sehr fügsam. Erstaunlich fügsam, stellte man sich vor, wie andere Tiere, geschweige denn ein Mensch darauf reagieren würde, wenn man ihnen einen Sattel umschnallte und merkwürdige Kunststücke von ihnen verlangte. Auch ergab die Existenz

der Pferde, um ehrlich zu sein und von außen betrachtet, nicht allzu viel Sinn. Nicht wenn ein Pferd eigentlich dafür gedacht war, ohne Reiter, Zügel oder Halfter durch die Prärie zu laufen. Der einzige Daseinszweck womöglich nur darin bestand, als Futter für Raubtiere zu dienen. Für Raubtiere wie den Menschen.

Wo sich der Kreis wieder schloss und es mit einem Mal unendlich viel Sinn ergab, wenn sich ein Pferd gegen die Menschen auflehnte. Oder ein Pferd, das gleichzeitig Mensch war. Lou brummte der Schädel.

Was Cosimo anging, so stellte der ein gänzlich neues Rätsel dar. War er denn nun Raubtier oder Fluchttier? Ein Opfer oder in der Lage, gefährlich zu sein? So gefährlich wie jeder andere Mensch?

Lou schüttelte den Kopf und schob die Fragen beiseite. Er nahm die Kanne aus der Maschine und stellte sie auf den Tisch zu den zwei Bechern aus der Nacht. „Macht es dir was aus?“, fragte er und deutete auf die benutzen Becher. „Weniger zum Abspülen.“

Cosimo lächelte. „Was denkst du? Ich habe meine Nächte in einem Kasten mit Stroh verbracht.“

Lou fuhr sich durch sein Haar. Im Gegensatz zu Cosimo war er gar nicht zum Waschen gekommen, wollte sich im Grunde überhaupt nicht vorstellen, wie er aussah. Und dann war da noch Elliot. Er riskierte einen Blick auf die Uhr. Der musste bereits vor Stunden bemerkt haben, dass eines seiner Pferde fehlte. Vielleicht wartete er auch auf ihn,

um ihm die Botschaft persönlich zu verklickern. Immerhin kam er in letzter Zeit vergleichsweise oft vorbei.
Lou runzelte die Stirn und setzte sich mit einem Seufzer neben Cosimo. Der schenkte bereits den Kaffee ein, als hätte er nie etwas anderes getan, schraubte das Marmeladenglas auf und schnupperte daran. Lou schob ihm den Zwieback und einen Löffel hinüber. Dann lehnte er sich zurück, verschränkte die Hände ineinander.
„Wie stellen wir das an", überlegte er laut vor sich hin. „Ich gehe zur Arbeit und warte nebenbei darauf, dass Elliot anruft und mir mitteilt, dass mein Pferd verschwunden ist?" Es hörte sich so verrückt an, dass er beinahe lachen musste.
„Ich kann mit zur Arbeit gehen", erklärte Cosimo. „Und dir helfen. Ich kann so einiges." Er bewegte die Finger vor Lous Nase. „Inzwischen habe ich auch schon wieder fast vollständige Kontrolle über meine Gliedmaßen. Das geht immer verdammt schnell."
„Mit zur Arbeit?" Lou betrachtete ihn von der Seite. Möglich, dass Lenny nicht einmal Einwände hätte. Und irgendwie fühlte sich die Vorstellung, Cosimo im Auge zu behalten, sicherer an, als ihn in der Wohnung zu lassen.
„Aber erst brauchst du etwas Vernünftiges zum Anziehen." Lou bediente sich am Zucker und trank dann seinen Kaffee in großen Schlucken, bis er munter genug war, um der Welt gegenüberzutreten.
Ein Blick in seine Geldbörse bewies ihm, dass ein Ausflug zur Bank notwendig war. Warum auch nicht? Wenn er sich

schon entschlossen hatte, Cosimo in das neue Jahrtausend einzuführen, dann richtig.
Der Geldautomat faszinierte Cosimo mehr als das Kleidergeschäft, das Lou ansteuerte. Dort begann er, sich wohlzufühlen, betastete Stoffe und freute sich darüber, dass Jeans noch immer beliebt waren. Mit einer billigen Winterjacke und dicken Stiefeln ausgestattet trabten sie weiter in den Supermarkt und Lou versuchte nicht auf Cosimos Verblüffung zu achten, als er ihm die Auswahl an Lebensmitteln präsentierte.
Immerhin vertrug er alles. Das zumindest behauptete er. Sein menschlicher Magen hatte sich während langer Jahrzehnte durchaus als fähig erwiesen, jedwede Nahrung aufzunehmen. Also kaufte Lou Brot, Käse und Fertiggerichte, ließ Cosimo unter Äpfeln und Kuchen auswählen und sah sein Geld in der Supermarktkasse verschwinden.
Jedoch war das alles sehr schnell vergessen, als er dabei zusah, wie Cosimo es sich schmecken ließ. Der schien die Eintönigkeit seiner Kost während der vergangenen Jahre an einem Tag wieder wettmachen zu wollen. Lou nippte an seinem Kaffee und sah ihm zu. Seine schäbige, kleine Wohnung, die er für gewöhnlich primär als Schlafplatz betrachtete und sekundär als Gelegenheit sich auszuruhen oder Zeit totzuschlagen, schien ihm plötzlich warm und heimelig. War angefüllt mit angenehmen, fast luxuriösen Kleinigkeiten. Denn betrachtete er sie mit Cosimos Augen, dann wurde aus seinem Computer ein Tor zur Welt, aus

seinem Fernseher ein wundersames Gerät, das Musik und Unterhaltung in die eigenen vier Wände brachte.
„Natürlich kenne ich Fernseher“, erklärte Cosimo, doch seine Augen leuchteten. „Auch Videoleinwände. Aber das hier ist phänomenal.“ Er tippte wie wild auf der Fernbedienung herum. „Die ganzen Sender, die ganzen Möglichkeiten.“
„Das Meiste ist Werbung.“ Lou hasste es, ihn zu enttäuschen, doch vermutlich war es besser, die Begeisterung zu dämpfen, bevor Cosimo den Fernseher nicht mehr verließ. Einen Moment lang überlegte er, ob das eine Möglichkeit wäre. Der Fernseher als Babysitter, während er arbeiten ging. Doch er verwarf diesen Gedanken rasch wieder. Nicht auszudenken, was Cosimo anstellen konnte. Alleine, wenn Lou an seinen Computer dachte, das Telefon oder die Kochnische. Mit der Begeisterung, die Cosimo gerade an den Tag legte, konnte er auf die Idee kommen, kochen zu wollen und dann den Herd vergessen. Und das wäre vermutlich nicht einmal das schlimmste Szenario.
Lou sah auf die Uhr. „Es hilft nichts. Ich muss los. Und du kommst mit.“
„Prima!“ Cosimo sprang auf, griff nach seiner neuen Winterjacke. „Ich bin gespannt, wo du arbeitest.“
Lou verzog den Mund. „Ich fürchte, das wird dich wenig beeindrucken.“
Cosimo lachte. „Ich wette dagegen. Und wenn du dort bist, wird es mir sicher gefallen.“ Sein Lächeln wurde warm und

Lou blinzelte, sah sich noch einmal nach ihm um. Flirtete Cosimo mit ihm?
Was für eine dämliche Frage, vor allem, da nun der endgültige Test bevorstand. Sprach ihn jemand darauf an, dass er mit sich selbst redete, dann war er wirklich verrückt, hatte die Einkaufstour vermutlich geträumt und wankte inzwischen in einer Art von Delirium einher.
Gleichermaßen hegte und fürchtete er die Hoffnung, dass eine Konfrontation mit den Menschen, die er seit Jahren kannte, dafür sorgen würde, jegliche mögliche Halluzination in Rauch aufzulösen.

Es wurde dunkel. Elliot hatte sich nicht gemeldet. Und neben Lou lief Cosimo. Eingepackt in schlichte Winterkleidung dürfte es im Grunde gar nicht möglich sein, dass sein Gang derart federte, dass seine bloße Erscheinung mehr Lebendigkeit ausstrahlte, als Lou in den vergangenen Jahrzehnten gespürt hatte.
Der Schlüssel drehte sich mit dem gewöhnten Widerstand und die Tür öffnete sich knarzend. Als Lou das Licht einschaltete, drängte sich Cosimo an ihm vorbei.
„Ist ja fabelhaft", meinte der nach nur wenigen Blicken. „Eine richtig schöne Kaschemme."
Er musterte die aufgereihten Flaschen über der Theke, runzelte die Stirn. „Auch wenn sich der allgemeine Geschmack wohl recht geändert hat. Ist das hier etwas Exklusives?"
Lou folgte seinem Blick.

„Gewiss nicht. Um ehrlich zu sein, Besonderes findest du hier nicht. Auch wenn ich manchmal überlege, etwas Neues einzuführen. Für manche Ideen benötigt man nicht einmal viel.“ Er zuckte mit den Schultern. „Aber das ist eine Frage der Leitung und des Publikums.“

„Und du bist nicht die Leitung.“ Es war keine Frage, also sparte sich Lou die Antwort. Cosimo ging an den Wänden entlang, betrachtete hier und dort ein aufgehängtes Bild. Einmal ertappte Lou ihn dabei, wie er mit dem Finger über den Rahmen fuhr. Er unterdrückte einen Protest und richtete weiter die Gläser her, bereitete Eiswürfel vor und Knabbereien.

Sauber war es hier, dafür sorgte er. Und jemand, der aus einem Pferdestall kam, sollte kaum auf eine mögliche Staubschicht achten.

Die Tür öffnete sich und Lenny trat unerwartet früh in sein Geschäft.

„Gut dass du endlich kommst, Lou“, dröhnte er sofort. „Hab mir Sorgen gemacht, dass du heute noch krank bist. Wollte schon anrufen, aber dann habe ich mich erinnert, dass du eigentlich nie die Krankheitsschiene fährst. Ich glaube, seit Jahren hat dich nicht einmal mehr eine Grippe umgeworfen.“

„Wer sollte sonst den Laden schmeißen?“, konterte Lou. Da erst bemerkte Lenny Cosimo, der in einer Ecke stand und ihm neugierig entgegensah.

„Na, wen haben wir denn da?“, fragte er verdutzt, wandte sich wieder Lou zu. „Hast du jemanden mitgebracht?“ Es klang nicht mehr ganz so freundlich.

Lou fiel ein Stein vom Herzen. Offenbar konnte auch Lenny Cosimo sehen. Er grinste leicht, räusperte sich dann. „Das ist Cosimo“, antwortete er schließlich. „Ich dachte, es geht in Ordnung, wenn er mich begleitet. Er ist zu Besuch hier.“

„Zu Besuch. Aha.“ Lenny rümpfte die Nase, nickte Cosimo dann zu. „Na dann willkommen.“

Cosimo lächelte offen. „Ich bin hier, um mitzuhelfen.“

Lenny schnaubte. „Keine Chance. Lou, was denkst du dir? Schon mal was vom Gesundheitsamt gehört? Außerdem werde ich niemanden einstellen. Kann ich mir nicht leisten.“ Er schnaubte wieder. „Das habe ich dir auch oft genug gesagt, das weißt du sehr gut.“ Er neigte den Kopf, linste Cosimo von der Seite an. „Außerdem sieht der Typ nicht gerade aus, als verstünde er was vom Einschenken. Oder davon, wie man mit Gästen umgeht.“ Seine Augen verengten sich und Cosimo deutete eine Verbeugung an. So sehr er sich auch mühte, Lou vermochte keine Ironie in der Bewegung oder in Cosimos Lächeln zu erkennen. Und tatsächlich antwortete der auch freimütig. Geradeso als hätte er die Beleidigung nicht gehört.

„Meine Fähigkeiten sind mit Sicherheit etwas eingerostet. Aber ich lerne schnell. Und ich gebe mir Mühe.“ Dazu schenkte er Lenny ein breites Lächeln. Eines, von dem Lou glaubte, dass es auch ein eingerostetes Herz wieder zum

Schlagen brächte. Seines ganz gewiss. Rasch sah er auf die Theke, stellte sich Lennys verdutztes Gesicht vor. Deutlicher wurde die Vorstellung, als Lenny hörbar schluckte. „Dir ist schon klar, dass ich nichts bezahlen werde, oder?“

„Aber sicher. Ich bin froh, mich nützlich machen zu können.“

Als Lou wieder aufsah, schüttelten sich die beiden die Hände. Er blinzelte verblüfft. Befand er sich immer noch in einem wirren Traum? Probeweise fasste er sich an die Stirn, schüttelte dann den Kopf.

Wie gewöhnlich hielt Lenny es nicht lange aus. Er öffnete den Laden, begrüßte die ersten Gäste, warf Cosimo ein paar kritische Blicke zu und verschwand dann sang- und klanglos. Cosimo hielt sich im Hintergrund, holte Getränke aus dem Keller, bediente die Spülmaschine, polierte Gläser und nahm kaum Kontakt zu den wenigen Gästen aus. Die einzige Ausnahme war das freundliche Lächeln, das er jedem von ihnen schenkte.

Natürlich wurde Lou ausreichend befragt. Immerhin waren es zum größten Teil Stammgäste, die auftauchten. Jene, die ihren Gewohnheiten nachgingen, und auf jede Veränderung bestenfalls mit Interesse reagierten. Ein neues Gesicht machte da keine Ausnahme. Dass es ein angenehm anzusehendes Gesicht war, half allerdings.

Lou vernahm, so genau er auch hinhörte, keinerlei Negatives über Cosimos Anwesenheit. Vielleicht lag das auch daran, dass Cosimo sich zurückhielt und letztendlich kaum auffiel. Dass er nur beobachtete und lernte. Lou vermutete, dass er sich diese Technik angeeignet hatte, um mit den Unterschieden, denen er zwangsläufig begegnete, sobald er menschliche Gestalt annahm, zurechtzukommen. Gewiss wurde das nicht leichter. Wenigstens nicht im Verlauf der vergangenen Jahrzehnte, während derer sich ein und dieselbe Welt je nach Betrachtungsweise ständig in eine neue verwandelt hatte.

Andererseits, sah er sich in dieser Bar um, dann hatte sich vielleicht doch nicht so viel verändert. Männer belohnten sich nach getaner Arbeit oder anderen Anstrengungen des Tages mit Alkohol. Dass sich vereinzelt Frauen dazugesellten, war seit Langem keine Neuigkeit mehr. Nichts davon dürfte Cosimo überraschen und bis auf wenige Unterschiede mochte sich auch die Ausstattung eines solchen Etablissements kaum verändert haben. Man traf sich, redete. Oder saß alleine und schwieg. Starrte in diesen Zeiten vielleicht anstatt in eine Zeitung in sein Smartphone. Oder auf einen Monitor an der Wand, dicht unter der Decke. Aber davon abgesehen, verlor die Zeit an einem Ort wie diesem ihre Bedeutung.

Lou malte sich aus, wie Cosimo vor hundert, vielleicht vor hundertfünfzig Jahren eine Schenke besucht hatte. Ob er sich dort auch freiwillig zum Gläserspülen gemeldet hatte?

„Was denkst du?"

Lou hatte nicht bemerkt, dass Cosimo plötzlich neben ihm stand und ihn neugierig anblickte. Er zuckte mit den Schultern. „Nichts Besonderes. Heute, Gestern, Morgen."
Cosimo lächelte und nickte. „Verstehe."
„Tatsächlich?" Lou hob die Augenbrauen.
„Aber hallo." Cosimo wackelte mit seinen und Lou musste lachen, hatte bislang nicht bemerkt, dass Cosimo dazu in der Lage war. „Wie gesagt, ich lerne schnell."
Dann legte er den Kopf schief. „Mit der Währung bin ich nicht ganz fit, aber demnach zu urteilen, was geordert wird und in welcher Anzahl, vermute ich, dass sich diese Einrichtung nur schwer über Wasser hält."
Lou verzog den Mund. Es war nach Mitternacht. Der Raum leerte sich, obwohl die Bar noch länger offen hatte.
„Ist nicht schwer festzustellen", meinte er.
Cosimo sah ihn an. „Und sie liegt dir nicht sehr am Herzen."
Lou blinzelte. Nicht nur, dass Cosimo rasch lernte, er durchschaute ihn auch viel zu gut.
„Das würde ich so nicht sagen", widersprach er dennoch. „Ich dachte daran, dass vielleicht … eines Tages …"
Die Worte erstarben auf seinen Lippen. So verlockend schien die Idee mit einem Mal nicht mehr. Eigentlich lockte ihn gar nichts mehr an diesem Ort. Er hätte nicht einmal behaupten können, dass ihn noch etwas hielt. Er sah Cosimo an und schluckte. Höchstens jemand.
Aber Cosimo würde nicht bleiben. Nun erst fiel es ihm wie Schuppen von den Augen. Nun erst begriff er, dass seine

Fragen und Zweifel sich erübrigten, ohne dass es ihm bewusst gewesen war. Cosimo war echt. Genügend Menschen hatten ihn gesehen, ihn bemerkt, über ihn gesprochen. Das konnte keine Halluzination sein. Das war keine.

„Fantastisch“, stieß er hervor, bemerkte erst, dass er seine Gedanken laut ausgesprochen hatte, als er Cosimos entgeistertem Blick begegnete. „All das hier …“, brachte er sich noch mehr in Verlegenheit, „… es funktioniert. Ich meine, dass es alles funktioniert.“ Er grinste, konnte es nicht verhindern. Dann war es also wahr. Cosimo – sein Cosimo war tatsächlich ein Gestaltwandler. Und er hatte sich entschieden, dass es an der Zeit war, sich zu offenbaren. Ausgerechnet ihm gegenüber. Wenn das nicht fantastisch war?

„Das Universum?“ Cosimo kniff die Augen zusammen und Lou nickte enthusiastisch. „Das auch.“

Cosimo hob die Augenbrauen, schüttelte dann den Kopf. „Du spinnst“, sagte er und Lous Grinsen wurde noch breiter.

„Wenngleich nicht so sehr, wie ich geglaubt habe“, erklärte er dann und behielt seinen Blick auf Cosimo gerichtet, bewunderte die samtene Haut, die Augen, so groß und sanft wie die seiner anderen Gestalt. Seines Alter Egos, mit dem er sonst so gar keine Ähnlichkeit besaß. Und doch, sah man genauer hin, so offenbarten sich die Zeichen des Alters auch in Cosimos menschlicher Gestalt. Er wirkte nicht wie zweihundert Jahre, doch die Falten in den

Augenwinkeln, um die Nasenwurzel und, wenn man sehr aufmerksam war, auch die feinen Linien um den Mund herum waren zweifelsohne vorhanden.

„Wie auch immer." Cosimo lehnte gegen den Kühlschrank, erwiderte aufmerksam den Blick. „Du hattest Pläne für dieses Lokal."

Lou überlegte. „Habe ich das gesagt?" Er erinnerte sich nicht mehr.

Cosimo lächelte. „Denkst du wirklich, dass das eine Rolle spielt."

Um Lous Lippen zuckte es. Der Unsinn mit der Seelenverwandtschaft und das merkwürdige Rufen fielen ihm wieder ein. Er hatte verdrängt, wie er mitten in der Nacht losgelaufen war. Ohne zu wissen, warum. Wie ein Verrückter. Aber war das hier nicht besser, als verrückt zu sein? Jemanden zu haben, der einen ohne Worte rief, der seine Gedanken las?

Die Vorstellung war allerdings nicht ausschließlich angenehm und er fragte sich, was er davon halten sollte. Was er von Cosimo halten sollte.

„Keine Sorge", murmelte der, sprach zu leise, als dass es die verbliebenen Gäste über das Plätschern der Musik hinweg hören konnten. Sanfter Rock, mehr Oldies als moderne Songs, spielte im Hintergrund. Das hatte sich bewährt. Der Wiedererkennungswert war eine sichere Sache. Manche Melodie zauberte ein unerwartetes Lächeln auch auf die Gesichter derer, die gerade noch gewirkt hatten, als versuchten sie, ihre Depression zu ertränken.

„Wir können vielleicht einiges, aber Menschen zu manipulieren, das ist uns nicht gegeben." Das Lächeln auf Cosimos Gesicht war verschwunden. „Und eines versichere ich dir: Solltest du wünschen, dass ich dir aus den Augen gehe, dann wird es sofort geschehen. Keine Fragen, keine Versuche, deine Meinung zu ändern."

Lou schluckte. Seine Zunge war rau, seine Kehle trocken. Er räusperte sich verlegen. „Darauf wollte ich nicht hinaus." Er holte tief Luft, zuckte dann mit den Schultern. „Außerdem bin ich reichlich langweilig. Selbst wenn du in meinen Kopf sehen würdest, würde es dich in kürzester Zeit anöden."

Cosimo biss sich auf die Unterlippe, studierte Lous Gesicht. Er hielt dem Blick stand.

„Das denke ich nicht", meinte er schließlich. „Ich denke sogar, dass du zu wenig von dir hältst. Eine Eigenart, die in dieser Zeit verbreitet zu sein scheint." Er legte den Kopf schief. „Vielleicht weil alles so schnell geht. Man kommt nicht ohne Weiteres mit. Da ist es kein Wunder, dass sich die Vermutung aufdrängt, man sei dem Leben oder der Welt an sich vielleicht nicht gewachsen."

Als Lou nicht antwortete, sprach er weiter. „Ist auch keine Schande. Außerdem hast du alles sehr gut im Griff. Diesen Laden, deine Wohnung, dein Pferd." Er lächelte und automatisch beantwortete Lou das Lächeln.

„Das mit dem Pferd hat sich wohl erledigt", meinte er dann und Cosimo schnalzte mit der Zunge.

„Was soll das heißen? Ich dachte, es fängt gerade erst an."

„Ich möchte zahlen, Lou!“, rief Adam aus der Nische seitlich vom Tresen. Lou löste den Blick von seinem Gegenüber, setzte geübt sein künstliches Lächeln auf.
„Natürlich gerne“, antwortete er und druckte den Rechnungsstreifen aus. Adam zahlte wie immer in Münzen und genau passend, erhob sich dann mit einem Ächzen, griff nach seinem Stock und hinkte in Richtung Ausgang. Lou holte seinen Mantel, half ihm hinein und öffnete ihm die Tür. „Bis morgen“, sagte Adam zum Abschied und tippte mit dem Stock auf das Pflaster. „Sofern das Bein mitmacht. Bei diesem Wetter weiß man nie.“
Lou nickte. „Ich drück dir die Daumen. Und denk daran, früher oder später wird es auch wieder warm.“
Adam seufzte. „Wäre zu hoffen.“

„Du kannst das gut“, sagte Cosimo später zu ihm, als er mit dem Aufräumen begann. Er lehnte gegen die Theke und sah ihm zu.
„Was?“ Lou sah ihn an.
Cosimo zuckte mit den Schultern. „All das hier. Der Umgang mit den Gästen. Ich habe gesehen, wie du dem Mann mit dem Stock geholfen hast.“
Lou kräuselte die Lippen. „Ich kenne Adam seit Jahren. Alle Stammgäste eigentlich. Wir duzen uns, ich weiß, wenn sie anschreiben müssen, oder wenn ich sie besser nicht alleine nach Hause lassen sollte.“
Cosimo lächelte. „Das ist nett. Ich dachte, es bedeutet dir nicht mehr viel. Aber du hängst daran.“

Lou hielt in seiner Bewegung inne, überlegte kurz. „Man hängt an allem, was man so lange macht."
„Das mag wohl sein."
Lou spürte Cosimos Blick auf sich, während er die Abrechnung machte und Notizen für Lenny über den Tresen heftete. Nichts Unerwartetes, doch das eine oder andere wurde langsam knapp und ob die Besorgung nun seine Aufgabe sein würde oder Lennys, das sollte der entscheiden. Je länger er darüber nachdachte, umso weniger wusste er, wie viel ihm der Laden bedeutete. Ob der tatsächlich ehemals sein Lebensinhalt gewesen war und sich das während der vergangenen Tage oder Stunden verändert hatte, um darüber nachzudenken, fehlten ihm Zeit und Geduld.

Während Lou den Laden abschloss, war er erstaunt darüber, keine Müdigkeit zu empfinden. Hielt Cosimos Gesellschaft ihn trotz der späten Stunde wach? War er es, der seine Finger kribbeln ließ und dafür sorgte, dass seine Laune sich hob? Dass die sogar stetig auf einem Level blieb, das ihm für gewöhnlich fremd war.
Lou steckte den Schlüssel ein und lächelte Cosimo an. Der grinste zurück, schob die Hände in seine Jackentaschen und zog das Kinn an die Brust. Kalt war es. Vielleicht sollte er eine Mütze besorgen und Handschuhe. Einen Schal. Der Gedanke ließ seine Laune weiter steigen. Und das, obwohl er nicht gerne einkaufen ging. Lou legte den Kopf schief, blieb stehen, betrachtete Cosimo. Da war etwas Gutes an

dessen Gesellschaft. An der Anwesenheit des Mannes, an der Aufmerksamkeit, die der ihm schenkte. Cosimo sah ihn nicht an wie einen frustrierten Mann, der nichts erreicht hatte.

Und auf einmal wusste er, was es war, was seine Stimmung hob. Ein Hauch von Hoffnung hatte sich verstohlen in seinen Verstand und in sein Herz geschlichen. Die bloße Vorstellung davon, dass er nicht dazu verdammt war, alleine zu leben und einsam alt zu werden, schien hell in seiner Zukunft.

„Was ist?“, fragte Cosimo, seine Stimme erklang gedämpft durch den Kragen, in den sprach. Noch immer standen sie in der Kälte.

Lou räusperte sich. „Ich habe nur gerade gedacht …“ Er stockte und suchte nach Worten. „Also, ich war mir nicht sicher, ob du – was du in der Zukunft planst oder ob du bereits konkrete Vorstellungen hast.“

Na prima, er plapperte drauflos, ohne nachzudenken. Rasch klappte er den Mund zu, doch es war zu spät. Cosimo sah ihn bereits entgeistert an. Doch dann brach er unerwartet in Lachen aus, rempelte Lou mit der Schulter an, ohne die Hände aus den Taschen zu nehmen. „Du bist mir einer. Was gibt es da denn nachzudenken? Du weißt doch bereits alles.“

„Ich?“ Ratlos sah Lou ihn an, schüttelte den Kopf, setzte sich schließlich in Bewegung. Es war fraglos zu kalt, um draußen herumzustehen. Cosimo hielt mit ihm Schritt.

„Natürlich du“, erklärte der ihm schließlich und runzelte die Stirn. „Haben wir denn nicht bereits darüber gesprochen?“

Lou blinzelte wieder. Sein Herz flatterte. „Diese Seelenverwandtschaftskiste? Du glaubst wirklich, dass ich dir das abnehme?“

„Da gibt es nichts abzunehmen.“ Klang Cosimo eventuell ein wenig beleidigt? Lou kniff die Augen zusammen, betrachtete ihn, doch der lächelte bereits wieder.

„Horch nur tief genug in dich hinein.“ Cosimo verdrehte die Augen, als Lou ihn immer noch groß ansah. „Aber wenn ich muss, dann werde ich es auch für dich buchstabieren.“ Wieder lachte er in seinen Kragen hinein. „Du wirst mich nicht los“, fuhr er dann fort, die Worte durch den Stoff erstickt und dennoch so klar, als spräche er sie direkt in Lous Ohr. „Ich bleibe bei dir. Und es ist schon eine ganze Weile her, seitdem du dich auch für mich entschieden hast. Damals trug ich noch ein Winterfell.“

„Vor zwei Tagen?“, fragte Lou, zu verblüfft, um seine Worte zu überdenken.

Cosimo kicherte. „Damals, als du Elliot gesagt hast, dass du dich um mich kümmern wirst.“ Er schauderte ein wenig. „Ich vermisse mein Winterfell. Wenn es im Dezember warm wird, kann ich es nicht leiden. Aber ohne durch den Winter zu kommen, das erfordert Gewöhnung.“

„Und die richtige Kleidung.“ Lou lächelte. Trotz der Kälte war ihm warm geworden. „Du weißt aber, dass das nicht einfach wird.“

„Was ist schon einfach?“ Cosimo seufzte, linste ihn von der Seite an. „Ich vermute, dass ich sogar mehr Erfahrung mit komplizierten Dingen haben dürfte als du.“
Lou zog die Augenbrauen hoch. „Ansichtssache.“
„Erfahrungssache“, widersprach Cosimo. „Seien wir ehrlich: Im Laufe der Zeit habe ich mich durch genügend Dschungel gekämpft, um es nun auch mit diversen Paragraphendschungeln aufnehmen zu können.“
„Nicht ohne Hilfe“, erinnerte ihn Lou. „Denn um diese hattest du mich gebeten.“
Cosimo nickte. „Und im Gegenzug helfe ich dir.“
„Hm.“ Lou schwieg. Keiner von ihnen musste aussprechen, welche Art von Hilfe Cosimo meinte. Das Flattern seines Herzens bei der Vorstellung, nicht mehr allein zu sein, bewies ihm, dass eine solche Hilfe notwendig und erwünscht war. Selbst wenn er es nicht aussprechen wollte.
Doch Cosimo lächelte so offen und verständnisvoll, dass Lou warm wurde. Wärmer als bei diesen Temperaturen eigentlich möglich. Röte stieg ihm ins Gesicht und für einen Augenblick dachte er an Fieber, hustete nervös und wandte den Blick ab. „Es ist alles in Ordnung.“ Eine vorsichtige Hand fasste seinen Ärmel und er zuckte zurück, wusste selbst nicht, was mit ihm los war.
„Natürlich ist es das“, murmelte er und Cosimo ließ die Hand sinken, nickte nur. Gemeinsam trotteten sie den Weg entlang. Es war still, die Straßen leer. Kein Auto, lediglich geschlossene Rollläden und Vorhänge. Bis auf die milchig

scheinenden Straßenlaternen war es dunkel. Nebel zog zwischen den Mauern umher, ließ alles um sie herum unwirklich erscheinen. Doch was galt noch als wirklich in einer Welt, in der Wesen wie Cosimo existierten?
Durfte er ihm trauen? Lou blies in seine Hände, doch die wurden nicht warm. Bald würden sie seine Wohnung erreichen. Doch was dann? Wie lange konnte das gut gehen? Selbst wenn Cosimo ihm Versprechungen und sein Vertrauen schenkte, vielleicht im Gegenzug das eigene einforderte, war er dazu bereit? War er es jemals gewesen?
Es gab einen Grund dafür, dass er keine Beziehung führte, dass er weder ein Haustier hielt, noch eine Zimmerpflanze beherbergte. Das war nicht seine Art. Und die Anschaffung eines Pferdes war gewiss nicht seine Idee gewesen.
Der Nebel wurde dichter oder bildete er sich auch das ein? Alles fühlte sich seltsam an, wie in einem Traum. Lou nestelte in seiner Tasche nach dem Schlüssel. Seine Finger, seine Beine bewegten sich automatisch, während er das Schloss öffnete und die Treppe hinauflief. Cosimo folgte ihm. Seine Präsenz war deutlich, wog schwer, überwog alles andere. Sie übernahm Lous Leben, seine Gedanken und letztendlich erschreckte ihn dieser Umstand weniger, als er es sollte.
Die Tür schloss sich hinter ihnen, Schuhe wurden ausgezogen, nasskalte Jacken aufgehängt.
War er müde? Lou wusste es nicht. Doch er fror und ein Blick auf Cosimo bewies ihm, dass es dem ebenso ging. Das heiße Wasser war rasch aufgesetzt und bald saßen sie

auf dem Sofa, jeder einen Becher dampfender Flüssigkeit in der Hand.
Langsam wurde ihm wärmer und doch fühlte Lou sich unwohl. Er wusste nicht, was er sagen, ob er überhaupt reden sollte. Die Luft war dick von Unausgesprochenem und er fand keinen Grund für seine plötzlich widerspenstigen Gedanken. Nichts ergab mehr Sinn. Nur noch, dass er müde sein sollte, dass er schlafen musste. Dass Arbeit auf ihn wartete, und nicht zuletzt, dass das Gespräch mit Elliot noch ausstand. Oder würde der sich nicht mehr melden? Darauf hoffen, dass niemand nach Cosimo sah, sondern lediglich für ihn bezahlt wurde. Obwohl der nicht mehr dort war, wo er hingehörte. Hingehört hatte. Und vielleicht nicht einmal das. Lou stellte den Becher ab, vergrub den Kopf in den Händen. Woher sollte er wissen, wohin ein Gestaltwandler gehörte? In eine Stadtwohnung? Neben ihn auf ein Sofa? Während eine Box leer stand?
„Es kommt alles in Ordnung." Hatte Cosimo das nicht gerade eben erst gesagt?
„So ist es immer."
Lou hob den Kopf. Sein Mundwinkel zuckte. „Tatsächlich? Wie kannst du da sicher sein?"
Cosimo sah ihn von der Seite an, hob dann die Schultern, lächelte schief, antwortete nicht.
Lou ließ seinen Kopf wieder sinken, starrte auf seine Hände. Die Knöchel wurden weiß. Er seufzte. „Mag wohl sein, dass man nach ein paar Jahrhunderten eine gewisse

Ruhe entwickelt. Der Himmel weiß, dass ich auch ein paar Jahrzehnte gebraucht habe, um mich einigermaßen zu entspannen." Er seufzte wieder. „Wie es aussieht, nicht genug."

„Du machst das ganz gut."

Lou drehte den Kopf zur Seite und nun lächelte Cosimo wirklich, setzte dann seinen Becher ab, lehnte sich neben ihm zurück. Er spürte die Wärme, die der Körper ausstrahlte, und war versucht, die Augen zu schließen und die Nähe zu genießen. Am liebsten hätte er sich angelehnt. Stattdessen biss er sich auf die Lippen. „Es freut mich, dass ich im Vergleich akzeptabel abschneide. Die anderen, mit denen du das versucht hast, sind wohl früher oder später durchgedreht."

Er beobachtete Cosimo und tatsächlich zerfiel dessen Lächeln und er blinzelte, sah ihn nicht mehr an, starrte an die Wand. „Stell dir vor, was du an meiner Stelle tun würdest." Er klang nun ernst, beinahe traurig. Ja, wenn Lou ehrlich zu sich war, dann hatte er bislang noch keine vergleichbare Traurigkeit in Cosimos Stimme vernommen oder gar bei ihm verspürt. „Es ist nicht so, als hätte ich mir das ausgesucht. Dieses Leben zwischen zwei Existenzen. Es mag aussehen wie die vollkommene Freiheit, aber in Wahrheit gleicht es der vollkommenen Haltlosigkeit." Er schwieg einen Moment, fuhr dann leiser fort. „Ich wusste nie, wer ich bin oder was ich bin. War stets gezwungen, einen Teil von mir zu verbergen."

Er holte tief Luft. „Vielleicht mag mein Leben aussehen, als beinhaltete es Magie und Leichtigkeit, aber die Wahrheit liegt an einem gänzlich anderen Ort."

„Ein anderer Ort", wiederholte Lou und schüttelte leicht den Kopf. Cosimo mochte sich viel Umgangssprache abgehört haben, doch so manche Formulierung erschien immer noch schräg.

Er sah Cosimo von der Seite an, betrachtete die Hände, die der in seinem Schoß gefaltet hatte. Ein wenig zu eng gefaltet, ein wenig verkrampft. Und mit einem Mal begriff Lou. Es war nicht einfach, aus seiner eigenen Haut zu schlüpfen und sich in die eines anderen zu wagen. Schon gar nicht, wenn dessen Haut nicht immer dieselbe war. Trotzdem versuchte Lou es und was er sah und fühlte, gefiel ihm nicht. Sein eigenes Leben und sogar das, was ihn stets daran genervt hatte, erschien ihm mit einem Mal nicht mehr so verabscheuungswürdig. Vielleicht hatte er im Vergleich sogar Glück, dass es derart ruhig verlief, dass er Frieden kannte. Ein Mittelmaß, eine gewisse Sicherheit. Selbst wenn die nur darin bestand, dass er sich niemals verstecken musste. Dass er und jeder andere, dem er begegnete, sich immer eines ganz gewiss sein konnte. Und zwar, dass er ein Mensch war und immer einer bleiben würde. Dass ihm jedes Recht zustünde, welches diese Gesellschaft einem Menschen gewährte. Er würde nie Gefahr laufen, in einem Schlachthof zu enden. Würde nie gezwungen sein, zu erdulden, was Tiere erduldeten, welche

sich nicht zu äußern wussten. Zumindest nicht auf eine Weise, die der Mensch begreifen konnte.
Und letztendlich hielt doch der Mensch das Schicksal seiner Tiere in der Hand. Im Guten oder meist wohl eher im Schlechten.
Lou holte tief Luft. „Ich verstehe“, sagte er dann. Und ohne nachzudenken, ohne zu wissen, warum er es tat, legte er seine Hand auf Cosimos. „Wir bekommen das hin. Irgendwie.“ Er biss sich auf die Zunge, würgte das Versprechen ab, das sich aufdrängen wollte. Denn wie konnte er etwas versprechen, das weit außerhalb seiner Möglichkeiten lag?
Doch Cosimo wandte sich ihm zu. Die Sorgenfalte zwischen seinen Augenbrauen glättete sich und wieder einmal staunte Lou über die Schönheit, die sich ihm hier offenbarte. Staunte über die perfekt ebenmäßige Gesichtszüge, die dunklen Augen und die kleinen Falten, die bewiesen, dass Cosimo kein unbeschriebenes Blatt mehr war. Hatte er nicht von einem solchen Mann immer geträumt?. Und weil er nun zum ersten Mal spürte, dass auch in Cosimo Unsicherheit schlummerte, er nicht der zuversichtliche, beinahe schon hochtrabende und selbstbewusste Mensch war, als der er sich ausgab, weckte einen neuen Anflug von Sympathie in ihm. Zum ersten Mal spürte er den unbekannten Wunsch, Cosimo zu beschützen und ihm zu helfen, so gut er es vermochte. Denn vielleicht, nur vielleicht lag doch ein kleiner Teil von Cosimos Schicksal auch in Lous Hand. Vielleicht bedeutete es doch

etwas, wenn Cosimo von Seelenverwandtschaft sprach. Schließlich existierten Gestaltwandler in dieser Welt. Konnte überhaupt etwas verrückter sein als das?
Lou blinzelte und neigte sich vorwärts, ohne recht zu wissen, warum. Lag es an Cosimos Anziehung, die er nicht mehr leugnen wollte?
Cosimo war so nah bei ihm. Er lächelte. In seinen sanften Augen glänzte ein Schimmer von Willkommen. Und Lous Handfläche, dort wo sie Cosimos Hand berührte, war warm. Sie ruhte genau dort, wo sie sein sollte, so nah bei ihm, wie es überhaupt nur möglich war.
Und trotzdem existierte noch zu viel Raum zwischen ihnen. Cosimo lächelte immer noch, sah ihn an und in seinem Blick lag eine Einladung. Lou konnte und wollte ihr nicht widerstehen. Er wusste nicht einmal mehr, warum er geglaubt hatte, widerstehen zu müssen.
„Kann ich?", wisperte er, weil es dennoch nicht so einfach war. Weil Cosimo keine zufällige Bekanntschaft, kein einmaliges Abenteuer sein durfte. Weil er ihn nicht überrumpeln oder gar beleidigen wollte.
Cosimos Lächeln wurde breiter. „Ich denke, du kannst", flüsterte er zurück. Und Lou küsste ihn.
Cosimos Lippen waren weich und öffneten sich unter seinen. Lous Finger fanden Cosimos Wangen und sie war nicht samten, wie sie aussahen. Es waren Männerwangen, fest und rau und warm, und er ließ seine Fingerspitzen darüber gleiten, hinab bis zum Kinn und wieder hinauf.

Cosimos Locken fielen auf seine Finger, streichelten und ermunterten sie, ihre Reise fortzusetzen. Lous Hände strichen den Hals entlang und über den Nacken. Cosimo neigte den Kopf, seufzte in einen Kuss, der nicht enden wollte und den Lou nicht enden lassen wollte.

War es richtig, was sie taten? Oder übertraten sie ein ungeschriebenes Gesetz? Benutzte er die Hilflosigkeit eines Wesens, dem diese Welt fremd war? Aber dann wiederum war Cosimo nicht hilflos. Nicht, wenn der nun die Arme um ihn schlang und den Kuss vertiefte, bis Lou der Atem wegblieb. Bis er ihn abbrechen musste, nur um Luft zu holen. Doch nun war es Cosimo, der sich nicht abschütteln ließ, dessen Lippen nun über Lous Kinn wanderten und seinen Hals hinunter.

Lou schauderte. Woher wusste Cosimo, dass er genau an dieser Stelle empfindlich war? Dass er eine Berührung dort als eine Elektrisierung empfand? Dass sein ganzer Körper reagierte und sich seine Aufmerksamkeit, sein ganzes Sein auf einen tieferliegenden Bereich konzentrierte?

Lou war kein Kind von Traurigkeit, dachte normalerweise nicht zweimal darüber nach, ob er jemanden mit zu sich nahm oder auch in dessen Wohnung begleitete. Das Leben war kurz, wurde zusehends kürzer und worauf sollte er noch warten? Warum sich genieren oder zurückhalten?

Doch Cosimo war eine Ausnahme. Weil er kein Mensch war – oder?

Lous Gedanken verschwammen. Er sah ihnen hinterher, beobachtete, wie sie zerrannen, auseinanderflossen und in dünnen Rinnsalen ihren Weg in die Bedeutungslosigkeit fanden. Im Augenblick zählte keiner von ihnen. Alles war einerlei. Im Augenblick waren es Cosimos Hände und Lippen, die er spürte und denen er sich ausliefern wollte. Er wünschte es sich so sehr, dass alles andere in den Hintergrund trat. Und offenbar kannte Cosimo keine Vorbehalte, denn dessen Hände wanderten ohne zu zögern unter Lous Pullover, zogen Hemd und Unterhemd geschickt aus der Hose, stahlen sich dann auf seine bloße Haut. Sie waren warm und fest und Lou schloss die Augen. Seine Finger suchten einen Weg, die zu vielen Schichten zu entfernen, unter denen Cosimos Körper sich verbarg. Dass er ihn bereits entkleidet gesehen hatte, war ihm quälend bewusst. Es war nie aus seiner Erinnerung verschwunden, so wenig er es sich auch hatte eingestehen wollen. Wie sehr hatte er sich danach gesehnt, diesen Körper erneut vor sich zu sehen? Mehr noch, ihn zu spüren und zu erkunden. Lous Finger fanden Haut. Sie war glatt und warm, wie er es erwartet hatte. Er ließ seine Hände über Cosimos Rücken und Seiten gleiten, fühlte Rippen, Muskeln und Sehnen. Mal sanft, mal fester zeichneten dessen Finger ihrerseits Muster auf Lous Rücken, während seine Lippen sich an Lous Nacken festsogen. Er bog den Kopf zur Seite, konnte ein Seufzen nicht unterdrücken. Als hätte Cosimo nur darauf gewartet, löste er seine Lippen, lächelte ihn an.

„Keine Angst“, flüsterte er. „Ich bin ein Mensch wie jeder andere. In diesem Augenblick und in allen folgenden.“

Das klang merkwürdig, doch Lous Herz schlug zu schnell, sein Blut brauste zu laut in seinen Ohren, als dass er viel darüber nachdenken wollte. Eigentlich wollte er über gar nichts mehr nachdenken. Er wollte nur spüren. Und wie es aussah, ging es Cosimo ebenso.

Der schob nun Lous Pullover nach oben und versuchte, ihn über dessen Kopf zu ziehen. Lou lachte leise, nervös mit einem Mal, während er Cosimo dabei half und plötzlich mit nacktem Oberkörper dastand. Er glaubte, dass sein Gesicht gerötet war, sein Haar verstrubbelt abstand, aber sein Lachen wollte nicht aufhören. Plötzlich lagen Cosimos Hände auf seinen Schultern, befanden dessen Lippen sich wieder auf seinen und er sank zurück gegen die Lehne des Sofas. Seine Gedanken waren still. Er war Wachs in Cosimos Händen, weich und ohne Widerstand, während der auf seinen Schoß kletterte und ihn weiter küsste, an seiner Unterlippe knabberte. Sanft ließ er seine Finger tiefer wandern, über jede Wölbung, jede weiche und jede harte Stelle, jede Rippe, die unter der Haut fühlbar war.

Cosimos Lippen lösten sich wieder von Lous, fanden erneut die Stelle an seinem Hals, die ihn verrückt machte. Er leckte darüber, saugte vorsichtig und Lou fühlte, wie er zu vibrieren begann. Seine Hände suchten wieder Cosimos Haut, fühlten dessen Rücken unter dem Stoff, rutschten tiefer und glitten in dessen Jeans. Die saß locker, hing an den Hüftknochen, sodass es ihm gelang, seine Finger unter den Bund zu schieben und die feste Haut darunter zu spüren. Er lauschte auf Cosimos Herzschlag, fühlte die

Hitze seines Körpers. Keine Wärme mehr, nun war er heiß genug, um sich an ihm zu verbrennen. Doch Lou sehnte sich nach der Hitze, nach dem Feuer, das ihn lockte, erwartete sehnlich den Brand. Seine Finger wanderten nach vorne, drängten gegen Cosimos flachen Bauch, während er den obersten Knopf der Jeans öffnete. Lou hörte ihn atmen, fühlte warme Luft an seinem Ohr. Ein Flüstern, ein Seufzen, und er öffnete einen weiteren Knopf und dann noch einen. Er fühlte die Härte unter dem Stoff, noch bevor er sie sah. Und dann, als er den Penis befreit hatte, enttäuschte der Anblick keineswegs. Voll und hart sprang er ihm aus einem Nest dunkler Haare entgegen. Lou leckte sich die Lippen und umfasste ihn vorsichtig, achtete genauestens darauf, wie Cosimo reagierte. Der seufzte. Seine Hüften zuckten nach vorne, sein Schwanz stieß in Lous Hand. Lou lächelte und hielt seine Hand still, während er mit der anderen seinen eigenen Penis befreite. Cosimo hob den Kopf. Sein Mund war geöffnet, seine Lippen feucht, seine Wangen gerötet.
„Lass mich." Er tastete sich vorwärts und als er Lous Schwanz berührte, schloss der die Augen, biss sich auf die Unterlippe. Cosimos Hand war warm, sein ganzer Körper ein Ofen. Lou wurde mit einem Mal bewusst, dass ihm bereits seit Jahren zu kalt war. Als hätte er bis zu diesem Augenblick ununterbrochen gefroren, ohne es wirklich zu bemerken. Und als wäre Cosimo der Einzige, der ihn zu wärmen vermochte. Er rutschte näher, drängte sich an ihn heran und umschlang ihn mit einem Arm. Cosimo zog ihn

an sich, ließ seinen Penis nicht los, umfasste ihn zärtlich. Erst jetzt erinnerte sich Lou daran, was sie taten, legte seine Stirn auf Cosimos Schulter ab und blinzelte unter halb geschlossenen Augen. Seine Hand um Cosimos Penis, die sanften Bewegungen, von denen er kaum bemerkte, dass er sie ausführte, während all seine Sinne, seine gesamte Existenz sich auf die Punkte konzentrierte, an denen Cosimo ihn berührte. Er erhitzte ihn, wärmte ihn und erweckte ihn zum Leben.

Cosimo bewegte kaum seine Hand und doch stieg Lous Erregung kontinuierlich. Er lauschte auf seinen Atem und auf Cosimos, der sich gemeinsam mit seinem beschleunigte. Ihre Herzschläge gingen synchron, ihre Körper rieben gegeneinander. Zu viel Stoff befand sich immer noch zwischen ihnen und doch fühlte es sich genau richtig an. Eine Gratwanderung und ein Höhenflug zugleich. Lou fühlte die Hitze, keuchte, spürte, wie er kam, wollte, dass Cosimo es ihm gleichtat. Er presste sich gegen ihn, seine Sinne gespannt, seine Hand heiß um die weiche, prall gefüllte Haut. Die andere vergraben in Cosimos Haar, ohne zu wissen, wie sie dorthin gelangt war. Cosimo zuckte, keuchte auch, entließ schließlich ein leises, heiseres Stöhnen. Zu kurz, um wahrhaft registriert zu werden, zu leise, um neben dem Pochen seines Herzens bestehen zu können. Und doch endete es in einem melodischen Wimmern, einem feinen Ton, der Lou seinerseits über die Klippe katapultierte. Für einen Augenblick vergaß er alles um sich herum, jedes Hindernis, jeden Widerstand. Nur noch Cosimo und er existierten und die Sekunde reiner Hitze, purer Ekstase. So ähnlich dem Gefühl, das vielleicht dem am ehesten nahekam, was sich als reines Glück verstand.

Als Lou aus der erreichten Höhe wieder herabstürzte, da war es nicht enttäuschend. Es ließ ihn nicht leer zurück, wie er es gewohnt war. Im Gegenteil, es war kein plötzlicher, unvorbereiteter Fall vom schroffen Gipfel, sondern glich einem sanften Hinabgleiten. Und was viel wichtiger war: Er stürzte nicht in ein Nichts, sondern in Cosimos Umarmung. Der ihn fing und hielt, ebenso wenig von ihm abließ wie Lou von ihm.

Er fand sich wieder, als sein Kopf an Cosimos Schulter ruhte und er dessen Atem in seinem Haar fühlte. Ruhig und gleichmäßig wie sein eigener. Harmonisch, um nicht zu sagen synchron. Lou lauschte der Melodie, dachte bei sich, wie gut alles passte. Wie seltsam es war, dass er nicht das Bedürfnis verspürte, aufzustehen und die Berührung und die Nähe abzuschütteln. Als wäre sie der Beweis für eine Verletzlichkeit, die er bislang niemals hatte zugeben wollen. Mit Cosimo war es anders. Alles war mit Cosimo anders geworden und Lous Verstand kam nicht hinterher, reichte nicht aus, um zu begreifen.

Kapitel 4

Anfang und Ende

Lou wusste nicht, wie lange sie dort gesessen hatten, ineinander verschlungen, aneinandergepresst, geborgen und vereint, als Cosimo sich schließlich bewegte. Lou zuckte automatisch zurück, als käme er mit einem Mal wieder zu sich. Urplötzlich erkannte er, dass er einen Fehler begangen hatte. Er schluckte, rutschte zurück, nestelte an dem verbliebenen Rest seiner Kleidung, bemühte sich, zu verhüllen, was verhüllt werden konnte, und gleichzeitig die Überreste ihrer Ekstase zu beseitigen.

„Hey." Cosimo sah ihm in die Augen. Er hatte sein Kinn umfasst, hielt sein Gesicht, sodass Lou seinem Blick nicht ausweichen konnte. Unerwartet stark war sein Griff. Unerwartet schwach fühlte er sich selbst. Ein wenig wehrlos, ein wenig hilflos. Unsicher, was nun zu tun war.

„Es ist in Ordnung. Du denkst zu viel." Und dann, verspätet, erschien das Lächeln auf seinem Gesicht. Lou merkte erst jetzt, dass er es vermisst hatte.

„Ja, wirklich?", fragte er dennoch dümmlich und so unnötig, wie er nur fragen konnte.

„Komm mit." Cosimo lächelte immer noch, nahm seine Hand, zog ihn auf die Füße. „Lass uns duschen."

Lou folgte, merkte, dass er nun auch lächelte. Noch während sie sich auf dem Weg befanden, befreiten sie sich

vom Rest ihrer Kleidung, lachten und Lou dachte, dass Cosimo sich vielleicht ebenso nervös und unsicher in seiner Haut fühlte. Lächerlich eigentlich in seinem Alter, nach dem, was sie gerade getan hatten, und doch irgendwie verständlich.
Es war eng unter der Dusche und Lous Unsicherheit stieg. War er hierzu nicht zu alt? Hätte er ablehnen sollen?
Doch bald vergaß er seine Einwände. Vergaß seine blassen Füße, auf die er verlegen starrte, über die das Wasser rann und die so überhaupt nicht attraktiv wirkten oder auch nur im mindesten sexy. Er vergaß alles, als Cosimo ihn in die Arme nahm und küsste, während das Wasser weiter über sie lief und reinwusch.

Später, trocken und sauber, stand Lou für einen Moment im Türrahmen zu seinem winzigen Schlafzimmer, beäugte das Sofa, auf dem noch die Kissen und Decken lagen. Unordentlich, durcheinander, und einladend gemütlich. Er sah auf sein Bett, groß genug war es, sah zu Cosimo.
Dessen Augen glitzerten. Das weiße Shirt schmeichelte seiner Figur, der goldenen Haut; die tief sitzenden Shorts ließen der Fantasie nicht zu viel Freiraum, weckten den Wunsch, sich jeden Zentimeter dieses Körpers einzuprägen.
Cosimo gähnte, legte den Kopf schief und sah ihn an. Um seinen Mundwinkel zuckte es.
„Ich weiß nicht, wie es dir geht, aber ich bin ziemlich erledigt.“ Er gähnte und Lou nickte. Das Gähnen steckte

an und kurz entschlossen streckte er die Hand aus. „Das Sofa ist unbequem zum Schlafen“, sagte er leise. „Und ich habe genug Platz.“
Cosimo nahm seine Hand und nickte. Er war es plötzlich, der voranging, der Lou mehr oder weniger ins Schlafzimmer zog. Der sie beide unter die Decke bugsierte und dieselbe über sie zog, bis sie wie in einem Kokon eng beisammenlagen, Cosimos Kopf auf Lous Schulter, ihre Hände und Arme miteinander verschlugen, ihre Körper so nah wie es möglich war. Noch bevor Lou begriff, schlief er ein.

Das Erwachen geschah langsam und zögerlich. Ein Blinzeln gegen das schwache Licht, das durch die halb geschlossenen Jalousien drang. Ein Atemzug und der Geruch nach Cosimo, der inzwischen und ohne, dass Lou es bemerkt hatte, vertraut geworden war. Ihm war warm und er war nicht alleine. Das allein war ein Wunder. Oder auch die Tatsache, dass er es nicht vermisste, alleine zu sein. Dass er sich bereits jetzt nicht mehr vorstellen konnte, jemand gewesen zu sein, der es vorzog, für sich zu sein. Immer sein eigener Herr, der König der vier Wände, die er bewohnte. Der Herrscher seines Lebens, seiner Arbeit, seiner Freizeit, seiner Welt.
Nichts mehr war von dem Gerüst übrig, das er sich aufgebaut hatte. Nicht einmal, dass er sich nun verletzlich fühlte, verhinderte das freudige Schlagen seines Herzens. Er drehte sich zu Cosimo, fuhr mit seinen Fingern

vorsichtig durch dessen Haar. Dunkel lag es auf den Kissen. Kräftig und fest, wie die Mähne einer anderen Gestalt. Cosimos Mund war leicht geöffnet, seine Augen geschlossen, die Wimpern bebten.

Da läutete sein Telefon und Cosimos Lider sprangen abrupt auf.

Lou zog seine Hand zurück, drehte sich auf die Seite und kletterte widerstrebend aus dem Bett. Er erreichte das Telefon mit unsicheren, tapsenden Schritten und gähnte, bevor er abhob.

„Du hast ein Problem." Es war Elliot. Lou verzog die Lippen, drehte sich zu Cosimo um. Der hatte einen Arm aufgestützt und sah ihn an.

„Nur für den Fall, dass du es vergessen hast", fuhr Elliot fort. *„Ich kümmere mich um dein Pferd und das zu einem lächerlich geringen Preis. Wenn du wüsstest, welche Kosten es bedeutet, welche Arbeit, dann würdest du dich ganz anders verhalten."*

Lou rieb sich die Stirn. „Ich weiß nicht, was du meinst."

Elliot stöhnte hörbar. *„Du hast die Box offengelassen und dein Pferd ist weg. Und komm ja nicht darauf, mir das anzuhängen. Ich dachte, der Gaul taucht wieder auf, die wissen schließlich, wo ihr Futter steht, aber wie es aussieht, liegt er in irgendeinem Graben und macht jemand anderem Ärger."*

Lou räusperte sich, zog die Nase kraus. „Cosimo ist verschwunden?", fragte er zögernd und schüttelte abweisend den Kopf, als ebenjener in seinem Bett zu grinsen begann.

„Wenn du mir Ärger machen willst, verklag ich dich", erklärte Elliot bissig. *„Ich hab alles getan, was notwendig ist. Wenn der Klepper abhaut, dann, weil du ihn gelassen hast. Oder vergrault. Bilde dir ja nicht ein, ich wüsste nicht, dass du zu den unmöglichsten Zeiten im Stall auftauchst. Und dann auch noch Boxen offenlässt. Ich hab dir gleich gesagt, dass das nichts wird. Dass ein Stadtmensch wie du nichts mit so einem Gaul zu schaffen hat."*

„Das hast du allerdings." Lou atmete aus, blickte wieder zu Cosimo, räusperte sich. „Ich verstehe dein Problem", sagte er vorsichtig, wusste bereits mit dem letzten Wort, dass er falsch gewählt hatte.

„Du verstehst gar nichts, du blutiger Anfänger", zischte Elliot in den Hörer, dann knackte es in der Leitung. Lou legte auf, wandte sich zu Cosimo um. Doch der war bereits aufgestanden, befand sich neben ihm, in all seiner morgendlichen, unschuldigen Nacktheit, und legte ihm eine Hand auf die Schulter. Sein Atem streifte Lous Wange und er schloss die Augen. „Wir fahren zu ihm und klären das", sagte er schließlich und Lou schauderte ein bisschen, wusste nicht, ob es an Cosimos Nähe lag oder an der Aussicht, Elliot etwas zu erklären, was nicht erklärbar war.

„Ich kenne ihn lange genug", fuhr Cosimo fort. „Er liebt es, große Töne zu spucken. In Wahrheit hat er nur Angst, Schwierigkeiten zu bekommen. Weißt du, wie nah ihm manchmal der Tierschutz auf die Pelle ruckt?" Er presste seine Lippen auf Lous Wange und nun erschauerte der wirklich.

„Du meinst, dass er mir keine Probleme bereiten kann?"

Cosimo lachte leise. „Wie sollte er? Normalerweise verschwinden Pferde nicht einfach so. Das dürfte an der Haltung liegen." Er atmete aus, senkte dann den Kopf und knabberte an Lous Nacken bis der zitterte.
„Nicht dass ich ihm viel vorwerfe", murmelte Cosimo, rieb seine Nase an Lous Schulter. „Pferde sind nun einmal Geschöpfe, die in eine solch enge, begrenzte Welt nicht hineinpassen. Auch nicht, wenn sie dafür gezüchtet werden. Aber vielleicht empfinde nur ich das so und ich bin nicht einmal ein hundertprozentiges Pferd, wenn man so will."
Lou schüttelte den Kopf. „Du machst mir Spaß."
„Na, das hoffe ich doch." Cosimo hob den Kopf. „Aber lass uns gehen. Elliot sitzt vermutlich auf Kohlen. Der lässt seine Wut nur an anderen Mitgefangenen – ich mein, an den Pferden – aus."
Das war kein Scherz, Lou spürte es genau, aber er wusste auch nichts zu erwidern.

Zum Glück war es früh genug, dass auch die Verspätung des Busses nicht ins Gewicht fiel. Obwohl Lou sich ein wenig wunderte, dass Cosimo ihn partout begleiten wollte, erhob er keine Einwände deswegen.
Es war immer noch kalt. Je näher sie dem Pferdehof kamen, desto weniger glaubte er, dass es jemals wieder wirklich warm werden würde. Sonne und Wärme auf der Haut blieben fern. Umso heißer jedoch brannte das Feuer der Nacht mit Cosimo in seinem Inneren, half, die schmerzhafte Kälte mit ihrer vernichtenden Gewalt zu

vertreiben. Er spürte sie nicht mehr, wie er sie auf seinem letzten Weg zu diesem Ort gespürt hatte.

Der Atem wanderte in kleinen Wolken durch die Luft. Eigentlich ein angenehmer Gedanke, den Weg in die Einöde nicht mehr antreten zu müssen. Sich nicht mehr bei jedem Wetter aus dem Bett zu quälen, um dort, wo Fuchs und Hase nichts voneinander wissen wollten, den vergeblichen Versuch zu wagen, etwas Ähnliches wie Reiten zustande zu bringen. Er verbot sich den Gedanken sofort. Denn nein, er wollte diese Erfahrung nicht missen. Sie hatte ihm eine neue Welt eröffnet, vielleicht auch nur einen neuen Blick auf die Welt, wie sie war. Wie nah sich dieses gänzlich andere Universum sein gesamtes Leben lang neben seinem befunden hatte? Und das, ohne dass sich die beiden auch nur berührt hatten. Der Himmel mochte wissen, wie viele Welten sich noch parallel zu ihm erstreckten. Die er vielleicht sah, von denen er unterschwellig auch wusste, doch die aufzusuchen er sich nie die Mühe gemacht hatte. Was hätte er noch alles sehen und lernen können? Womit seine Zeit verbringen? Seltsam nur, dass er nie etwas vermisst hatte.

Cosimo streckte seine Hand nach ihm aus. Lou spürte dessen Finger an seinen, kalt und zaghaft. Wie seltsam war es, dass sie beide keine Handschuhe trugen. Ihre Finger berührten sich und schließlich nahm Lou Cosimos Hand und hielt sie, spürte den Druck, den sie ihm versichernd schickte. Kalt und taub, und dennoch tröstlich zwischen ihnen vereint.

„Lässt du dich auch wieder blicken?“
Elliot baute sich vor ihnen auf. Natürlich hatte er sie kommen sehen. Dass die Hunde Alarm schlugen, war keine Überraschung. Dass sie allerdings zurückwichen, als Cosimo sich ihnen näherte, erstaunte Lou ein wenig. Er wechselte einen Blick mit Cosimo. Der lächelte, zuckte mit den Schultern und ließ erst dann zögernd seine Hand los.
„Sie kennen mich“, murmelte er mit einem verstohlenen Blick auf Elliot. „Aber dass sie nun etwas anderes sehen als die Gestalt, die sie mit meinem Geruch in Verbindung bringen, beunruhigt sie.“ Einer der Hunde zog den Schwanz ein, der andere legte die Ohren an, entblößte die Zähne.
„Wen hast du da mitgebracht?“ Elliot selbst zeigte eine deutlich drohende Gebärde. Vielsagend wanderte sein Blick zu Lous kalter Hand und dann zu Cosimos.
„Ein Anwalt wird dir nichts nutzen, egal was du denkst, herausschlagen zu können. Du weißt gut, dass hier nichts zu holen ist.“
„Co… Carl ist kein Anwalt“, verbesserte Lou sich rasch. „Nur ein Freund, der mir hilft, die Sachen in Cosimos Schrank durchzusehen.“ Er räusperte sich. „Du gehst also davon aus, dass er nicht zurückkommt?“
Elliot schnaubte. „Woher soll ich das denn wissen. Der Gaul war verrückt. Schon als ich ihn kennengelernt habe.

Er machte nichts als Ärger.“ Elliot musterte Lou kritisch, doch was er sah, schien ihn zu beruhigen. Sein Ton nahm eine versöhnliche Note an. „Aber das wusstest du. Bei solch einem Tier weiß man nie, was passiert. Manchmal sind die einfach so blöd, dass sie nicht wissen, wo sie hinrennen. Demenz vielleicht, der galoppierende Irrsinn.“ Er lachte meckernd. „Man darf nicht zu viel von dem Viehzeug erwarten. Auch wenn manche denken, dass man es wie seinesgleichen behandeln sollte, weiß unsereiner es doch besser. Ist man mit den Vierbeinern aufgewachsen, dann kennt man auch ihre Sturheit und die beschränkten Fähigkeiten. Also wenn der Gaul aus Blödheit einfach stumpfsinnig losgerannt und in den See gesprungen ist, wo man ihn vielleicht nie wieder herauszieht, dann kann man da rein gar nichts machen.“

„Ich denke nicht, dass ein Pferd in einen See springen würde“, ließ sich Cosimos Stimme sanft vernehmen.

Sofort verschränkte Elliot erneut seine Arme vor der Brust, kniff die Lider zusammen und starrte Cosimo an. „Was willst du mir vorwerfen?“

„Nichts“, wehrte Lou rasch ab, seufzte und sah sich um. Auf der Koppel standen die Pferde, die er inzwischen kannte. Sie beobachteten die Menschen. Ob sie begriffen, dass es Cosimo war, der zurückgekommen war?

„Es ist eben Pech, das habe ich schon verstanden“, fuhr Lou dann fort. „Es tut mir auch leid, dass ich die letzten Tage nicht vorbeikommen konnte. Es gab einfach zu viel zu tun.“

Elliot nickte.
„Das kann natürlich auch eine Rolle spielen“, meinte er feindselig. „Als Besitzer hat man eine Verantwortung. Und ich sage es dir ganz ehrlich: Ich war nicht glücklich, dass das Ausmisten wieder allein an mir hängenblieb. Auch hier hatten wir eine Abmachung.“
„Natürlich. Ich komme dafür auf.“ Lou biss sich auf die Lippe, schluckte eine weitere Erwiderung hinunter. „Wie auch immer. Ich unterschreibe, gehe nur rasch durch den Spind, lasse dir hier, was ich nicht mehr brauche. Und du meldest dich, solltest du etwas hören.“
„Ich melde mich mit einer endgültigen Rechnung.“ Elliot drehte sich um und stapfte davon. Kopfschüttelnd murmelte er etwas, das nicht zu verstehen war, jedoch alles andere als freundlich klang.

Die Tür des Spindes quietschte, als Lou sie öffnete, und einen kritischen Blick hineinwarf. „Der Sattel ist vielleicht noch zu gebrauchen“, überlegte er laut, doch da legte Cosimo die Hand auf seinen Arm. „Der Sattel ist alt und verzogen. Ich würde mich wundern, wenn ein Pferd existierte, dem er passt.“
Nachdenklich griff er neben Lou in den Spind. „Silkes Knotenhalfter. Sie konnte es selbst knüpfen und perfekt anpassen. Das hat sie auch für andere getan.“ Er lächelte leicht. Augenscheinlich in Erinnerungen versunken. Lou betrachtete die Satteldecke, ausgeblichen und ausgefranst.

Das Leder von Trense und Gurt war brüchig und alt. Lou hatte nie wirklich darauf geachtet, vielleicht einmal kurz darüber nachgedacht, ob nicht ein Nasenschoner oder ein Polster für den Genickriemen eine vernünftige Investition gewesen wäre. Doch ernsthaft hatte er sich nie gefragt, ob das Tragen einer ungepflegten und veralteten Ausrüstung für ein Pferd Unannehmlichkeiten bedeutete. Wie er Silke in Erinnerung hatte, hatte sie das Leder peinlich genau gepflegt. War vielleicht auf Reitausflüge ohne Sattel und Trense ausgewichen. Das hätte ihr ähnlichgesehen. Er lächelte kurz, sah zu Cosimo. Die steile Falte zwischen dessen Augenbrauen während er die Ausrüstung betrachtete, sprach von seiner Ablehnung.
Lou atmete aus und beschloss, das Kapitel zu beenden. „Du hast recht", meinte er. „Überlassen wir die Sachen Elliot. Immerhin spart er jetzt das Futter für dich. Da kann er sich auch ein wenig damit beschäftigen, einen Spind auszuräumen."
Cosimo schubste ihn leicht. „Weil du jetzt für mein Futter aufkommst?"
Lou grinste. „Das bin ich schließlich gewohnt."

Wie Lou erwartet hatte, ließ Elliot ihn nicht aus dem Vertrag, ohne dass er einwilligte, die laufende Frist abzubezahlen.
Als er aus dem Gebäude trat und über das Feld zur Koppel und zur leeren Weide sah, drückte Cosimo seine Hand.

„Tut es dir leid?", fragte er dann leise. „Dass du nicht zurückkehren wirst?"
Lou atmete aus. Natürlich würde er nicht zurückkehren. Das hatte nie zur Wahl gestanden. Aber was war es dann, das ihm eine gewisse Wehmut ins Herz senkte?
„Vielleicht denke ich an Silke", murmelte er schließlich. „Und daran, was diese Welt ihr bedeutet hat."
Er hörte zu, wie Cosimo leise lachte. „Auch sie hätte sich etwas anderes, etwas Besseres gewünscht, glaub mir."
„Ist das so?" Lou kaute an seiner kalten Unterlippe. Auch darüber hatte er nie nachgedacht. Dass Silke sich vielleicht ein schöneres Umfeld für Cosimo gewünscht hätte, einen besseren Stall, eine weitläufige Koppel, große Weideflächen. Oder eine schönere Gegend zum Ausreiten. Bilder von ihr am Strand tauchten in seinen Gedanken auf. Hatte sie davon gesprochen? Von einem Traum, in dem sie am Meer entlangritt? Vielleicht vor sehr langer Zeit. Vielleicht in ihrer Kindheit. Längst vergessen und von der Realität überholt. Nein, Silke war nie eine Träumerin gewesen, eher eine Pragmatikerin. Sie hatte den Stall gewählt, den sie sich leisten konnte, und das Beste daraus gemacht. Und wenn Lou versucht hatte, es ihr gleichzutun, so war er dennoch empfindlich gescheitert.
Oder nicht? Er wandte seinen Blick Cosimo zu und der lächelte, drehte das Knotenhalfter in der freien Hand.
„Lass uns gehen", sagte er dann. „Ein neues Leben wartet auf uns."

Lou nickte langsam. „Du magst recht haben", murmelte er und erwiderte das Lächeln.

Doch je weiter der Hof zurücklag, desto unsicherer wurde er.
„Was ist?", fragte Cosimo schließlich und seine Augen wirkten groß und seelenvoll.
„Die Zukunft." Lou seufzte. „Du hast keine Papiere. Keinen Job. Keine Ahnung." Er schüttelte nervös den Kopf.
Cosimo schnalzte mit der Zunge. „Siehst du nicht, wie weit wir bereits gekommen sind? Elliot ist Vergangenheit. Eine Hürde wurde bereits genommen."
Lou schüttelte den Kopf. „Aber bist du damit zufrieden?" Er blieb stehen. Die Bushaltestelle war noch weit entfernt. „Was stellst du dir vor?"
Cosimo seufzte, legte ihm eine Hand auf die Schulter, die andere an seine Hüfte. „Die Zukunft liegt weit entfernt. Der Augenblick ist es, der zählt."
„So denken Pferde." Lou lächelte, obwohl ihm nicht nach Lächeln zumute war.
„Du musst es ja wissen." Cosimo legte den Kopf schief. „Solltest du dir aber um mich Sorgen machen, dann ist das nicht nötig. Ich habe mich aus schwierigen Situationen befreien können. Dagegen ist das hier – diese Welt, dieses Leben – ein Schlaraffenland. Und mit dir zusammen ein Paradies."

„Du spinnst.“ Lou verdrehte die Augen. „Ich begreife dich nicht.“
„Wie solltest du auch?“ Cosimo hob die Augenbrauen. „Gefangen in deiner kleinen Welt. In deinen Regeln und Formen. Denkst du nicht, dass du dich davon befreien könntest? Ausbrechen aus dem Gefängnis, das du selbst um dich gezimmert hast?“
Lou rieb sich die kalte Nasenspitze. „So würde ich es nicht sehen“, entgegnete er langsam. „Es gibt Grenzen und Notwendigkeiten. Man muss arbeiten, für seine Sicherheit sorgen, funktionieren.“ Er stockte und Cosimo lächelte wieder. Seine Handknöchel streiften Lous Wange.
„Du merkst selbst, wie traurig das klingt, nicht wahr?“
Lou nickte, atmete aus. „Dennoch lässt es sich nicht bestreiten.“
„Vermutlich nicht.“ Cosimo zuckte die Schultern. „Aber vielleicht gibt es noch eine andere Möglichkeit. Eine Art Mittelweg zwischen zwei Extremen. Freiheit, die dennoch achtsam und verantwortungsbewusst erlebt werden kann.“
„Weißt du überhaupt, wovon du da sprichst?“ Lou verdrehte die Augen.
„Nicht wirklich.“ Cosimo lächelte und drückte Lous Hand. „Aber spielt das eine Rolle? Wenn das, was ich sage, doch stimmt?“
Sie schwiegen, schwiegen auch für den Rest des Weges zurück in die Wohnung. Dort saß Lou still, die Finger ineinander verschlungen, den Blick an die Wand gerichtet. Er dachte nach.

Belastete ihn der Besuch bei Elliot? War es ein Abschied gewesen? Ein Abschied von dem Neuen, was er hatte entdecken dürfen? Einer von Silke vielleicht?
Er seufzte, löste die Hände voneinander, fuhr sich durch das Haar. Es war zu lang, fiel zu weit in die Stirn, fühlte sich strähnig an. Er starrte auf die grauen Spitzen. Die Aussicht auf Arbeit war alles andere als verlockend.
„Dann geh nicht hin“, wisperte Cosimo und Lou blickte auf. Cosimo lehnte an der Wand, ein Knie angezogen, den Fuß flach abgestützt. Sein Kopf lag schief, das dunkle Haar umrahmte sein Gesicht. Er beobachtete Lou unter gesenkten Lidern, der Blick ruhig, die Augen dunkel und sanft. Das überwältigende Bedürfnis, ihm voll und ganz zu vertrauen, erfasste Lou und nahm ihn vollständig in Beschlag. Löschte jeden anderen Wunsch, jeden Gedanken an Verantwortung, an Regeln und Gewohnheiten aus.
„Ich mache nie blau“, sagte er dann. „Ich bin verlässlich.“ Er wusste nicht, woher die Worte stammten, wer ihm dieses Kompliment einst zugestanden hatte. War es überhaupt ein Kompliment? Oder mehr eine Verpflichtung, ein Zwang, dem Bild gerecht zu werden, das er von sich selbst erschaffen hatte? Und welche Rolle spielte das?
„Keine“, antwortete Cosimo und inzwischen wunderte es Lou überhaupt nicht mehr, dass der seine Gedanken las. Die Zeit der Verwunderung war vorüber. Die Zeit, in der er versucht hatte, sich als Teil der Gesellschaft zu fühlen. Sich so gut wie möglich einzufinden, seine Aufgaben zu

erfüllen, seine Tage zu verbringen nach bestem Wissen und Gewissen. Doch ohne ein Ziel, ohne einen Wunsch. Wünsche hatte er längst als unerreichbar aufgegeben. Wünsche waren sinnlos, waren dumme Träumereien.
„Bis jetzt", flüsterte Cosimo und seine Augen glitzerten. Die Ruhe in ihnen, die Sanftheit war noch vorhanden, doch etwas anderes gesellte sich dazu. Eine Helligkeit, ein Feuer: Leben.
Der Gedanke, den Verstand verloren zu haben, kehrte mit Macht zurück. Denn war das nicht eines der Anzeichen? Man ließ seinen Alltag hinter sich, brach aus und fand sich eines Tages in der Anstalt wieder? Verlor jeden Bezug zur Realität?
Aber hatte er das nicht schon längst?
Er glaubte an Gestaltwandler. Er sah einen vor sich, in diesem Augenblick. Sein verrückter Verstand hatte eine ganze Geschichte um ihn herum ersonnen. Und nun überredete ihn dieses Wesen dazu, die letzten Verbindungen zu einem normalen Leben zu kappen.
Lou schluckte trocken, griff nach dem Glas Wasser, das vor ihm auf dem Sofatisch stand. Er wusste nicht, ob er es gewesen war, der es dort platziert hatte. Ob überhaupt etwas von dem der Wahrheit entsprach, was er für diese hielt. Vielleicht hatte ihn Silkes Tod aus der Bahn geworfen. Er wäre nicht der Erste, dem das Bewusstwerden der eigenen Sterblichkeit schwer im Magen läge. Schwer genug, um für ein paar abgehobene Fantasien Raum zu schaffen. Und sei es auch nur, damit ihn diese

von der Ödnis und Ausweglosigkeit einer frustrierend frucht- und sinnentleerten Existenz abzulenken vermochten.
Lou schob den Gedanken beiseite, trank, trank noch einen Schluck.
„Vorstellbar, dass du so denkst.“ Er hörte das vertraute, schöne Lächeln in Cosimos Stimme. „Nichtsdestotrotz irrst du dich.“
Amüsiert klang er. Ein amüsierter Gestaltwandler. Ein Trugbild, das sich über ihn lustig machte.
Lou schüttelte den Kopf, atmete aus.
„Wie kann ich da sicher sein?“ Er blickte auf. Die Fröhlichkeit war aus Cosimos Gesicht verschwunden, hatte einer ernsten Miene Raum gegeben.
„Das kannst du nicht“, erwiderte er. „Wie solltest du auch, wenn keiner von uns weiß, ob nicht alles um uns herum Illusion ist. Ob nicht das, was jeder von uns als Realität empfindet, eine individuell gestaltete Traumwelt sein kann.“ Er senkte das erhobene Knie, stellte den Fuß ab und stand nun still. Aufmerksam sah er Lou an.
„Vielleicht ist es so, dass wir – zumindest zum Teil – gezwungen sind, uns unsere Welt und unsere Auffassung von dieser selbst zu gestalten.“
Lou blickte ihn ungläubig an, schüttelte den Kopf, raufte sich erneut die Haare. „Du weißt schon, dass du klingst, als wolltest du mich gewaltsam in den Wahnsinn hinunterzerren“, rutschte es ihm heraus.

Cosimo schwieg und Lou blinzelte, zögerte, bevor er wieder aufsah. Das Lächeln in Cosimos Gesicht war gänzlich verschwunden. Traurigkeit hatte es ersetzt.

„Ich dachte nicht, dass du noch immer so darüber denkst“, murmelte Cosimo schließlich und die Verletzlichkeit war deutlich in seiner Stimme zu hören. „Ich dachte, zweihundert Jahre Einsamkeit, Hilflosigkeit und verzweifelter Suche hätten mir mehr Überzeugungskraft verliehen.“ Die Worte erstarben in einem Flüstern und als Lou ihn anblickte, entdeckte er den Schmerz und die Unsicherheit eines Kindes, das mit einem Leben gestraft worden war, das ihm keinen Halt bot.

„So habe ich es nicht gemeint.“ Lou klang kläglich, selbst in seinen eigenen Ohren.

Cosimo sah auf, gerade so als hätte er den Unterton vernommen und verstanden.

Seelenverwandt, dachte Lou und Cosimo nickte leicht, legte den Kopf schief.

„Wir sind frei“, sagte er leise und mit einem leichten Lächeln, das von der Traurigkeit in seinem Blick Lügen gestraft wurde. „All das hier.“ Mit einer Bewegung seines Kopfes beschrieb er den Raum, die Wände, die Welt, die sie umgab und in der sie sich beide verirrt hatten. „Frei zu tun, was wir wollen. Zu gehen, wohin wir wollen. Oder hält dich etwas hier? Hält dich wirklich etwas?“

Er klang ängstlich und die Worte, die sich Lou aufdrängten, erstarben auf seiner Zunge.

„Der Job“, hatte er sagen wollen. „Silke.“ Eine Sicherheit, die er sich über Jahre aufgebaut hatte. Ein Polster, bestehend aus einer Wohnung, die er kannte, dem Viertel, in dem er zuhause war. Doch für die Wohnung bezahlte er Miete, war abhängig, nicht nur von einem Vermieter, auch von dem steigenden Mietpreis, von möglichen Veränderungen. Was für das Viertel ebenso galt. Abgerissen, neu gebaut, saniert. Alles veränderte sich. Ständig. Die Sicherheit war eine Ausrede, war Illusion, die Vermeidung eines Risikos das Risiko an sich.

„Du hast Träume.“ Cosimo streckte seine Hand nach ihm aus und Lou neigte sich zu ihm, angezogen von dessen Wärme und von dem Wunsch, diesem gleichermaßen starken und zerbrechlichen Wesen Trost zu spenden. Er kam näher, ergriff vorsichtig Cosimos Finger.

„Ich hatte lange keine“, gab er dann zu. „Ich kann mich kaum daran erinnern, welche gehabt zu haben.“

Cosimo lächelte. „Aber das hast du. Sie sind vielleicht vage und unsicher. Doch wie das mit Träumen so ist, verändern sie sich auf dem Weg zu ihrer Erfüllung. Die Zeit beeinflusst sie, lässt sie reifen und am Ende erscheint der Weg klar, der zu Beginn noch durch einen Nebel führte.“

„Weil du bereits viele Träume hattest? Sie kommen und gehen sahst?“ Lou war sich nicht sicher, ob ihm diese Erkenntnis behagte. Doch Cosimo schüttelte abrupt den Kopf.

„Ich habe sie bei anderen beobachtet“, korrigierte er. „Habe ihre Entstehung, ihren Verlauf verfolgt. Die

Erfüllung und auch die nachfolgende Enttäuschung. Der Mensch verhält sich auf diese Weise. Er ist selten, sehr selten zufrieden."

Lou nickte. Um Cosimos Mund bildeten sich Lachfältchen.

„Pferde leben im Augenblick", sagte er. „Von ihnen kann man sich einiges abgucken. Das habe ich getan."

Lou blinzelte. „Im Augenblick sieht es allerdings durchaus aus, als würdest du in die Zukunft sehen wollen."

Cosimo drückte seine Hand, zog ihn dann mit einem Ruck an sich heran. „Du hast mich ertappt", flüsterte er in Lous Ohr, presste kurz seine Lippen auf Lous Wange. „Auch ich verändere mich. Vielleicht hat das damit zu tun, dass ich endlich gefunden habe, wonach ich mein Leben lang gesucht habe."

Ein warmes Gefühl breitete sich in Lous Magen aus. „Das meinst du nicht ernst", murmelte er widerstrebend. „Du hattest andere. Ich meine, du hast dich doch öfter verwandelt und gesucht. Durch Jahrzehnte und Jahrhunderte hindurch."

„Na und?" Cosimos Lippen befanden sich nun an seinem Hals. „Was ist Zeit?"

Lou versuchte nur halbherzig, sich aus der Umarmung zu befreien. Langsam, ganz langsam zog Cosimo ihn näher an sich, umfing ihn zärtlich, die eben noch entdeckte Verletzlichkeit überwunden.

„Ich meine es ernst", brachte Lou erstickt hervor. Wie verlockend war es, sich von dieser Kraft vereinnahmen zu

lassen, sich anzulehnen und zuzugeben, was längst feststand. Und doch musste er es wissen.
„Es kann doch nicht sein … du kannst nicht meinen, dass deine Suche nun ein Ende gefunden hat.“ Er brabbelte, stotterte, fühlte sich nervöser als seit langer, langer Zeit.
„Aber warum denn nicht?“ Cosimo knabberte an seinem Ohrläppchen und sanfte Schauer durchrieselten Lous Körper. „Warum glaubst du, dass du nicht der sein könntest, nach dem ich gesucht habe?“
Lou atmete aus. Sein Herz klopfte wild.
„Weil ich ich bin“, murmelte er und Cosimo lachte leise.
„Vielleicht mag ich dich gerade, weil du es bist“, antwortete er dann. „Vielleicht auch weil es da etwas gibt, das du in dir nicht sehen kannst. Vielleicht auch gerade, weil du es nicht sehen kannst.“
„Das ist dämlich.“ Lous Mund war trocken, die Worte kamen zu hastig heraus, verknoteten sich in seinem Ohr. Doch auch das schien Cosimo nicht zu stören.
„Ich bin auch dämlich“, fuhr der fort und küsste Lous Hals. „So wie du. Wie wir alle. Die Welt ist voller dummer, hilfloser Kreaturen. Keine von ihnen weiß, was die Zukunft bringt. So viel Erfahrung sie auch mit sich tragen, in wie viele Gestalten sie sich auch verwandeln können.“
„Du bist also dämlich, weil du in mir etwas siehst.“
Lou blinzelte. In seinen Augen brannte es. Sein Herz flatterte. All das war verrückt, ging zu schnell, war zu absurd.

Cosimo wich zurück, schüttelte heftig den Kopf, sah ihn aufmerksam an und seufzte dann.
„Das ist es, was du herausgehört hast?", fragte er und klang traurig. „Aber das habe ich nicht gemeint." Er presste die Lippen zusammen, schloss die Augen.
„Wenn ich jetzt in mich hineinhöre … wenn ich darüber nachdenke, was ich fühle, während ich dir nahe bin, dann ist nur eines ganz deutlich: dass ich dich liebe. Ganz egal, was ich sage, wie sehr ich mich in meinen Worten verheddere." Er atmete hörbar aus, lächelte halb. „Immerhin habe ich Worte eine Weile nicht benutzt."
Lou schluckte.
„Das denkst du wirklich?" Es kam kläglich heraus und er schluckte erneut, räusperte sich dann. Einem Instinkt folgend, den er sich nicht erklären oder auch nur annähernd begreifen konnte, vergrub er sein Gesicht an Cosimos Schulter. „Denkst du das wirklich?", wiederholte er erstickt, fühlte das Nicken, spürte das Lächeln auf Cosimos Lippen. Wie dumm zu fragen? Wie unsicher, wie schwach von ihm. Sollte er sich für seinen Zweifel genieren? Sollte er nicht stärker sein?
Lou hob seinen Kopf, blickte auf, blickte in Cosimos Augen. Der bewegte nur seine Lippen. Nicht einmal ein Hauch entwich ihnen und doch hörte Lou die Stimme in seinem Kopf so deutlich, als spräche Cosimo die Worte direkt zu ihm.
Ich denke es und ich fühle es. Ebenso wie du. Ein Zwinkern in den dunklen Augen und Lou antwortete mit einem leisen

Seufzen, dem einzigen Geräusch, das den Fall des großen Gewichts begleitete, das sein Herz, seinen Körper, seine Seele belastet hatte.

„Ja", antwortete er kaum hörbar und wiederholte das Wort. Ein glucksendes Lachen stieg in ihm auf, blieb doch in seiner Kehle sitzen und ließ seinen Körper vibrieren.

„Na also", flüsterte Cosimo in sein Ohr und dann lagen dessen Arme um ihn, zogen ihn näher. „War das so schwer?"

Lou nickte. „Allerdings", murmelte er. „Loslassen ist immer schwer."

„Idiot." Cosimos Atem streichelte seinen Hals. „Vergiss sie einfach, die Zweifel und die Skepsis. Die Logik. Vergiss Elliot und die Bar, den Job und die Gäste."

„Mein Job." Lou räusperte sich. „Ich kann nicht einfach fortbleiben." Er machte sich los. „Das habe ich noch nie. Das ist nicht meine Art."

Cosimo stand inmitten des Raumes, die Arme hingen seitlich herab, der Mund stand leicht offen, Enttäuschung war in seinen Gesichtszügen allzu deutlich sichtbar.

Lou griff nach seiner Jacke, zuckte entschuldigend mit den Schultern. „Ich … wir können das besprechen. Was auch immer es zu besprechen gibt."

Alles ging so schnell. Ein Teil von ihm wollte in seinen Alltag, seine Arbeit flüchten, ein anderer Teil konnte es

nicht erwarten, beides aufzugeben und Cosimos Arme wieder um sich zu spüren.
Da trat Cosimo auf ihn zu. „Kündige“, sagte er drängend. „Kündige bitte.“ Er sah sich um, suchte seine Jacke und ergriff sie hastig. „Ich komme mit. Dann planen wir unterwegs, während der Arbeit.“
Lou atmete aus, nickte zögernd. „Das wird nicht gerne gesehen“, murmelte er halbherzig, wusste doch bereits, dass er längst entschieden hatte, schlang seine Arme um Cosimos Hals und presste seine Lippen auf dessen Stirn.

Tatsächlich war es erstaunlich leicht, Lennys bösen Blick zu ignorieren, mit einem Lächeln über jede spitze Bemerkung hinwegzugehen, im Vorbeigehen mit seinem Handrücken Cosimos Finger zu streifen.
„Du bist doch rechtzeitig hier gewesen. Da konnte nichts passieren“, gab er zurück, als Lenny sich über sein Zuspätkommen beschwerte.
„Es gibt Vorschriften“, meinte Lenny säuerlich und Cosimo klopfte ihm auf die Schulter und nahm an der Theke Platz. „Ein stilles Wasser“, bestellte er. „Ich will die Vorschriften nicht brechen.“
Lou verdrehte die Augen.
„Weißt du auch, warum ich hier bin?“, führte Lenny die Unterhaltung fort. „Das war bisher nicht nötig. Aber seit du deinen Vormittagsaktivitäten nachgehst, bist du nicht mehr zuverlässig. Und ich muss meinem Angestellten vertrauen können.“

Lou biss sich auf die Lippen, sah Cosimo an. „Ich habe immer mein Bestes getan“, sagte er dann langsam, atmete aus. „Aber vielleicht ist es an der Zeit weiterzuziehen.“

„Weiterzuziehen?“ Lenny blieb der Atem weg. „Was soll denn das bedeuten? Ich habe mich wohl verhört.“ Er schüttelte den Kopf. „Ich dachte, du bist froh sein, eine anständige Festanstellung dein Eigen zu nennen.“

Lou nickte. „Das war ich immer. Aber so wie du dich anhörst, ist die Anstellung weder fest noch mein Eigen.“

Lenny schnaubte. „Wenn du auf die Übernahme der Bar spekuliert hast, dann muss ich dich tatsächlich enttäuschen. Das könntest du dir nie leisten. Nicht einmal, wenn es nicht geplant wäre, das Viertel zu sanieren. Ich rechne mit einem Angebot, das es ermöglicht, mich umgehend zur Ruhe zu setzen.“

Lou schloss kurz die Augen, verabschiedete sich von Bildern, die er seit Jahren in seinem Kopf mit sich trug. Doch zu seinem Erstaunen ging der Abschied weniger mit Schmerz denn mit Erleichterung einher. Als er die Augen öffnete, begegnete er Cosimos Blick. Auch der lächelte und Freiheit schwang in dem Lächeln mit. Das Versprechen, das er ihm gegeben hatte, das in jeder seiner Bewegungen mitschwang und lebte.

„Wie schön für dich“, sagte er leise. „Und ich kündige.“

„Du tust was?“ Lennys Stimme klang schrill. „Das kannst du nicht! Du findest nie wieder einen Job. In deinem Alter und ohne Vorbildung.“ Er deutete auf Cosimo.

„Ist das die Idee von diesem aufdringlichen Landstreicher? Glaubst du, ich hätte nicht gemerkt, dass der sich bei dir eingenistet hat? Die Leute reden. Und in dieser Branche ganz besonders.“
Lou lächelte. „Mein Privatleben ist mein Privatleben.“
Lenny schnaubte.
„Ich glaub es einfach nicht“, zischte er. „Du willst mich im Stich lassen.“
„Keineswegs.“ Zögernd schüttelte Lou den Kopf. „Aber du sagtest selbst …“
„Ich weiß sehr gut, was ich sagte“, unterbrach Lenny ihn rasch. „Und es sieht aus, als hättest du nur darauf gewartet. Was ist, wenn ich mich nun auf dich verlassen hätte, wenn ich dich als Nachfolger hätte einarbeiten wollen?“
Lou atmete aus. Ein Kloß saß in seinem Hals. „Wolltest du?“, fragte er und beobachtete, wie Lennys Augen sich verkleinerten.
„Wer weiß“, zischte Lenny schließlich. „Als ob dich das jetzt noch interessierte.“
Lou blinzelte. Wahrscheinlich hatte Lenny damit recht. Nein, mit Sicherheit hatte er recht. Die Vorstellung, die kommenden Jahre in dieser Bar zu verbringen, war nicht mehr sein Traum. War im Grunde kaum noch vorstellbar. Sein Traum hatte sich verändert. Er existierte nicht ohne Cosimo.
Lou wandte den Blick, sah Cosimo an, konnte förmlich hören, wie Lenny mit den Augen rollte.

Aber was interessierte ihn Lenny? Was interessierte ihn diese Welt, wenn er doch von einer anderen wusste?

Cosimos Augen glänzten und er lächelte. Und Lou lächelte zurück.

Die Zukunft war unsicher, aber weit. Die Möglichkeiten unbegrenzt, unüberschaubar wie das Leben selbst.

Er nickte. „Ich bleibe, bis du einen Ersatz gefunden oder den Laden verkauft hast", sagte er, ohne Lenny anzusehen, behielt den Blick auf Cosimo gerichtet.

„Aber ich denke, dass wir dann weggehen", fuhr er fort und die Wärme breitete sich in ihm aus, verdrängte den Anflug von Unsicherheit. Verdrängte die Kälte und den Winter in seinem Herzen.

„Weggehen? Wohin und warum? Was solltest du schon machen?", hörte er Lenny in der Ferne.

„Hast du schon einmal von Freiarbeit mit Pferden gehört?" Cosimos Lippen bewegten sich. Seine Stimme war sanft und lockend.

„Es gibt sie immer mehr, über den Erdball verteilt. Pferdeflüsterer, die in einen Dialog mit ihrem Pferd treten. Ohne Sattel und Zügel, ohne Berührung. Nur mit Gestik und Körpersprache."

„Was faselt der da?" Lennys Stimme war schwach und unbedeutend im Hintergrund.

„Sie sind überall", fuhr Cosimo fort. „Und sie alle können Hilfe gebrauchen. Hilfe von Menschen, die sich auskennen."

„Aber ich kenne mich nicht aus", wandte Lou ein.

In Cosimos Augenwinkeln bildeten sich unzählige, kleine Fältchen. „Du fühlst und du weißt mehr, als du glaubst“, widersprach er leise. „Deine Fähigkeiten werden sehr willkommen sein.“
Lou glaubte ihm. „Ebenso wie deine“, antwortete er und reichte ihm über die Theke hinweg seine Hand. Cosimo nahm sie und presste seine Lippen auf die Handinnenfläche. Das warme Gefühl in ihm wurde zu einem Schauer, der sich wohlig über den gesamten Körper ausbreitete. Er lächelte und glaubte. Glaubte mit einem Mal, dass tatsächlich alles gut werden würde.

Ein halbes Jahr später

„Alkohol erst nach der Arbeit“, erklärte Lou und fuhr mit dem Poliertuch über den Tresen, zwinkerte Pedro zu. „Dein Andalusier wird es dir danken.“

Pedro seufzte, wischte sich über die Stirn und griff dann nach der Limonade, die Lou ihm bereitgestellt hatte. „Das war früher einfacher“, beschwerte er sich. „Als noch keiner so penibel darauf aufgepasst hat, dass wir keinen Spaß haben.“

„Keinen Spaß?“ Lou hob die Augenbrauen. „Ich dachte, dass du dich darüber freust, dass deine Pferde inzwischen auf einen Wink reagieren. Dass du weder Strick noch Gerte benötigst und die Halfter im Schrank hängen bleiben.“

Pedro leerte sein Glas, zuckte dann mit den Schultern. „Das liegt nur an Cosimo. Dieser Italiener ist ein halbes Pferd, ich schwöre es dir. Ich dachte, dass ich mich auf die Pferdesprache verstehe. Aber bei ihm da pariert die gesamte Herde.“

Lou nickte stolz. „Und deshalb kommen die Besucher.“

„Nicht nur aus diesem Grund.“

Pedro sah sich um. „Was du aus der schäbigen Schenke gemacht hast, ist nicht von schlechten Eltern. Die Leute kommen, sehen bei der Freiarbeit zu, lassen sich das Wie und Warum erklären und bleiben dann hier bei dir, um das Gelernte zu verarbeiten. Ich denke, das ist der Grund,

warum sie wiederkommen. Keiner beschwert sich mehr, dass meine Pferde nicht beritten werden. Keiner lässt seine ungefragten Ratschläge hier und hält sich für klüger. Sie alle erklären mir, dass es hier etwas Neues gäbe, eine Art Urlaub vom Alltag. Sogar vom Alltag der Pferdebesitzer. Ich wette, dass ich hier bald ein Hotel anbauen kann."
Lou seufzte gespielt. „Das willst du nicht wirklich. Dann müsstest du für deine Gäste sorgen und hättest keine Zeit mehr für deine Pferde."
Pedro stützte sich auf den Tresen. „Gut beobachtet. Aber zum Glück bin ich nicht alleine. Manche meiner Einsteller wären nicht abgeneigt, in die Idee zu investieren. Nichts Großes. Ein paar offene Boxen für Gastpferde und ein kleines Gästehaus. Meine Schwester käme mit ihrer Familie aus Madrid. Sie hat genug von der Großstadt und Erfahrung im Hotelwesen. Und noch etwas: Du dürftest den Namen auswählen."

„Silkes Pferdepension", murmelte Lou später, während er mit Cosimo im Bett lag und zuhörte, wie die Wellen des Ozeans gegen den Strand rollten. Ein fernes Rauschen und doch nah genug, um sich immer bewusst zu sein, dass es nur ein kleines Stück war, das sie vom Anblick des Atlantiks trennte.
Cosimo stützte sich auf seinen Ellbogen auf und nickte. „Finde ich gut", sagte er und küsste Lou auf die Lippen. „Das würde ihr gefallen."

Ja, dachte Lou und lächelte in den Kuss. Das würde es wohl.

Ende

Weitere Titel der Autorin in unserem Programm:

Back to past – zurück zu dir
Der Duft der Omega Wölfe
Das Gesicht der Liebe

Leseprobe:
Alissa Sky
(Wie) Hund & Katz

„Flo! Hey, Flo! Das musst du dir ansehen!"
„Was ist denn?", fragte Florian verstimmt. Er war gerade erst übers Gewächsgitter zum Dach hochgeklettert und wollte die Triebe nun auch in die richtige Stellung bringen. Genau genommen machte er das nur für Michael und seinen an Besessenheit grenzenden Perfektionismus. Ihm selbst war schnurzpiepegal, ob die wilden Weinreben die gesamte Hausfront bedeckten oder nicht. Manchmal konnte er kaum glauben, wie sehr ihr Lebensstil inzwischen an Spießertum grenzte, aber was tat man nicht alles für den wichtigsten Menschen im Leben …
„Kann das nicht warten?"
„Nein! Sonst verpasst du die neuen Nachbarn!", drängelte Michael.
„Was?"
Das alte Haus auf dem Nachbargrundstück war das Einzige im ganzen Ort, das ihr eigenes an Altbackenheit überflügelte. Hätte auch nur ein einziger Gartenzwerg im Vorgarten gestanden, es wäre auf der Titelseite der „Schöner leben im romantischen Vorort!" erschienen. Florian war sicher, dass es eine derartige Zeitschrift geben

musste – und wenn nicht, dann saß wahrscheinlich gerade irgendein Typ in kariertem Hemd samt Schal vor seinem nigelnagelneuen Laptop und entwarf besagte Zeitschrift.
Er hätte Haus und Hof verwettet, dass es Jahre dauern würde, bis sich ein Rentnerpaar dazu herabließe, nebenan einzuziehen. Zu seinem Leidwesen hatte er tatsächlich gewettet. Schade um die hundert Euro. Hoffentlich würde sich Michael wenigstens so galant zeigen, ihm beim nächsten Abend in der „Schakal-Bar" ein Bier auszugeben.
Als Florian nur noch ein Meter vom Boden trennte, sprang er vom Gitter und steckte das Zentimetermaß ein, mit dem er den zartgrünen Trieben seinen Willen hatte aufzwingen wollen. Es war natürlich auch Michaels Wille gewesen – so wie immer, seit er zwölf und sein Adoptivbruder sechs gewesen war. Er ging zu diesem und stellte sich auf die Zehenspitzen, um besser zu sehen, wer sie von nun an mit seiner Anwesenheit beehren würde.
„Nicht so auffällig, Flo!", warnte Michael. „Sonst denkt der noch, dass wir ihn ausspionieren."
„Was wir auch gerade tun", nervte Florian zurück. Diese kindischen Neckereien würden sie wohl niemals sein lassen. „Davon abgesehen beweist mein mit Grasflecken übersätes Shirt ja wohl, dass ich im Garten zugange war."
„Ich habe dir gesagt, du sollst nicht im Tank-Top herumwerkeln … Angeber."
Florian kam nicht mehr dazu, eine Bemerkung zurückzugeben, denn die Tür des kleinen weißen Lieferwagens öffnete sich. Einen Moment später stieg auch

schon ihr neuer Nachbar aus – und Florian wünschte sich, das Zentimetermaß doch in der Hand behalten zu haben, um sich wenigstens etwas von seinem Starren abzulenken. Er fand es mindestens so unhöflich wie unverschämt, dass er den Neuankömmling derart begaffte, aber er konnte es nicht ändern, denn sein neuer Nachbar sah umwerfend aus. Groß und schlank, dabei aber gut gebaut, mit einem Gesicht wie aus einem Hollywoodfilm. Sein dunkelbraunes Haar fiel ihm beinahe bis auf die Schultern … Florian überkam die Lust, seine Finger hindurchgleiten zu lassen. Sein Hals war trocken. Er räusperte sich.

Der neue Nachbar schaute wohl deswegen zu ihnen hinüber. Hatte er sie beim Einbiegen in die Auffahrt nicht gesehen? Oder hatte er ihnen eigentlich ausweichen wollen und fühlte sich nun ertappt?

„Los, komm!" Michael warf ihm einen neckischen Blick zu. „Sagen wir mal hallo!"

Tatsächlich trafen sie sich in der Mitte der Einfahrt, denn der Fremde marschierte unmittelbar nach ihnen los. Er stellte den Umzugskarton, den er vor sich hertrug, aber nicht neben sich ab. Das war ein untrügliches Zeichen dafür, dass er es nicht auf einen längeren Plausch anlegte.

„Willkommen in der Nachbarschaft!", grüßte Michael bereits auf fünf Schritte Entfernung und grinste sein typisches Paradelächeln. „Wir sind ab jetzt also Nachbarn."

„Wenn das da Ihr Haus ist … ja, dann ist dem wohl so. Schön, Sie kennenzulernen."

„Fangen wir doch gleich mit ‚Du' an. Ich bin Michael. Das ist Florian, der ungekrönte Heimwerkerkönig der Nachbarschaft."
Florian streckte automatisch den Arm zum Händeschütteln aus. Er hatte, vom Aussehen seines Gegenübers hingerissen, nicht nachgedacht. Der neue Nachbar bemühte sich aber, ihn aus seiner peinlichen Lage zu retten, indem er den schweren Karton nur auf der Linken balancierte und ihm die Rechte reichte.
„Erfreut. Adrian. Die Gegend ist wirklich bezaubernd. Nach einem derart ruhigen Plätzchen mit guter Verkehrsanbindung habe ich lange gesucht."
Gute Verkehrsanbindung? Florian fühlte sich verpflichtet, ihm mitzuteilen, dass es gerade einmal einen Bus pro Stunde gab und dass dieser um halb sieben Uhr abends den Betrieb einstellte. Andererseits musste Adrian ja irgendwie zur Besichtigung des Anwesens gekommen sein, also war ihm das wohl klar und er wollte nur höflich sein. Das oder er meinte die Nähe zur nächsten Stadt, die mit einem Flitzer in einer Viertelstunde zu erreichen war.
Florian stellte fest, dass er die ihm dargebotene Hand immer noch schüttelte. Er ließ eilig los und lächelte gezwungen. Es roch, als ob ein ganzer Reisebus voller It-Girls hinter ihm Selfies schießen würde.

Leseprobe:
Natalie Anders
Der unmögliche Duft von Sternen

Es war kurz vor sechs und Rhys tigerte vor der Ladentür auf und ab. Manche Passanten schauten mitleidig, wenn sie seinen Blick auffingen. Rhys lächelte jedes Mal. Er war eben nett. Höflich. Was man von Finn nicht behaupten konnte. Alle wussten, was heute für ein Tag war. Gott, der Junge würde es bestimmt auch nicht vergessen haben! Außerdem war heute Vollmond und Rhys wollte weg von den mitleidigen Blicken und Schuldgefühlen. Weg von der Stadt, von den Betas, von seinem verfluchten Telefon. Aber er brauchte die Pigmente für die beiden Termine morgen. Er ging zur Theke, um Finn eine Nachricht zu schreiben, dass er die Sachen vor der Tür lassen sollte. Die Glocke an der Tür klingelte.

„Wir haben geschlossen“, sagte Rhys aus Gewohnheit, während er wütend auf dem Zettel kritzelte.

„Die Tür ist doch offen“, antwortete der Besucher.

Rhys sah auf. Warum hatte er nur geglaubt, dass er ihn nicht erkennen würde? Menschen veränderten sich nicht so sehr in drei Jahren. Rhys sah ihn wieder deutlich vor sich: Klein und zitternd im Gerichtssaal, während er allen Blicken auswich. Rhys hatte versucht, ihn zu hassen,

damals. Und auch jetzt wartete er auf irgendein Gefühl. Aber die Abneigung, die er empfand, galt der Erinnerung. Dem Mann, der ihre Leben auf die gleiche Weise zerstört hatte.
„Du bist spät“, sagte Rhys.
Finn zuckte nur mit den Schultern. „Hatte viel zu tun.“
Rhys verzog das Gesicht.
Der Junge stellte das Paket auf der Theke ab. Er schien nervös zu sein. Hibbelig. „Ähm, Mrs Woods meinte, ich soll das Geld mitbringen.“
„Klar.“ Rhys öffnete das Paket und kontrollierte die Farben darin. Erst dann ging er zur Kasse, um das Geld abzuzählen.
Finns Blick flatterte unablässig durch den Ladenraum, über die Fotos von Tätowierungen und die Ordner. Blieb nie an Rhys hängen.
Rhys betrachtete ihn. Seinen ausgewaschenen Kapuzenpulli, das wilde Haar. Kein Wunder, dass Mrs Woods den Jungen aufgenommen hatte. Sie hatte schon immer eine Schwäche für Streuner gehabt.
„Hier.“ Rhys reichte ihm die abgezählten Scheine.
„Nichts für ungut, Mann“, murmelte dieser und begann sie nachzuzählen.
Rhys unterdrückte ein Knurren. Er sah zu, wie Finns Finger geschickt Schein für Schein umdrehten. Es waren lange, elegante Finger, die einen an Klavierspieler denken ließen. Und an *andere* Dinge. Er sah sich den Jungen genauer an – wie ihm die Locken schwer in die Augen

hingen, als versuchten diese seine unnatürlich grauen Augen zu verbergen, die jede seiner Sommersprossen leuchten ließen. Ja, das war jemand, den er unter anderen Umständen mit in sein Bett genommen hätte. So wie er fast jede Nacht jemanden mitnahm, unfähig, der Sehnsucht nach körperlicher Nähe zu widerstehen. Aber seit Nicole suchte er seine Bettpartner außerhalb der Stadt.

Finn räusperte sich und steckte hastig das Geld ein. Rhys wurde bewusst, dass er gestarrt hatte. Hoffentlich mit seinem *Serienmörderblick*, wie Amber ihn nannte.

„Ich gehe dann?"

Rhys schnaufte. Was fragte er ihn? „Man sieht sich", zwang er sich zu sagen.

Der Junge flüchtete aus dem Laden, murmelte dabei: „Hoffentlich nicht."